U0594895

喝不求解渴的酒，
吃不求饱的点心

《北京的茶食》
周作人

丁辅之 绘

我们于日用必需的东西以外，必须还有一点无用的游戏与享乐，生活才觉得有意思。

所恋在那里，
那里就是我们的故乡了。

若无所牵，
更何所恋念

《藕与莼菜》
叶圣陶

丁辅之 绘

我们的确彼此太缺少缘分，
假如可能，实有多结之必要。

谓之舍缘豆，
预结来世缘

《结缘豆》
周作人

丁辅之 绘

花看半开，酒饮微醺

《饮酒》
梁实秋

丁辅之 绘

《菜根谭》所谓『花看半开，酒饮微醺』的趣味，才是最令人低徊的境界。

也许我们中国人特别馋一些

《馋》
梁实秋

丁辅之 绘

为了一张嘴，跑断两条腿。

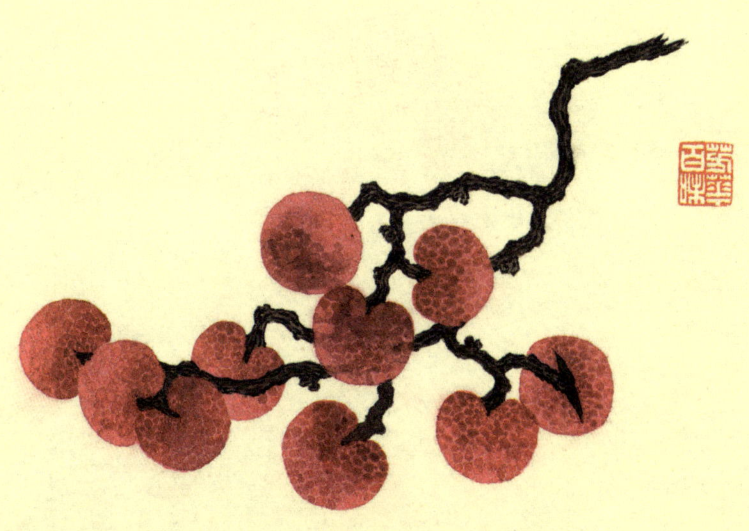

人生苦短 再来一碗

丰子恺等 著

花山文艺出版社
河北·石家庄

图书在版编目（CIP）数据

人生苦短，再来一碗 / 丰子恺等著 .-- 石家庄：花山文艺出版社，2022.1（2022.11 重印）
ISBN 978-7-5511-6019-3

Ⅰ．①人… Ⅱ．①丰… Ⅲ．①散文集－中国－现代②散文集－中国－当代 Ⅳ．① I266

中国版本图书馆 CIP 数据核字（2021）第 239074 号

书　　名：人生苦短，再来一碗
Rensheng Ku Duan Zai Lai Yi Wan

著　　者：丰子恺 等

责任编辑：郝卫国
特邀编辑：栎　宇
责任校对：卢水淹
封面设计：吴黛君
美术编辑：胡彤亮
出版发行：花山文艺出版社（邮政编码：050061）
（河北省石家庄市友谊北大街 330 号）
销售热线：0311-88643221
传　　真：0311-88643225
印　　刷：河北朗祥印刷有限公司
经　　销：新华书店
开　　本：880mm × 1230mm　1/32
印　　张：9
字　　数：150 千字
版　　次：2022 年 1 月第 1 版
2022 年 11 月第 2 次印刷
书　　号：ISBN 978-7-5511-6019-3
定　　价：49.80 元

目录

东酸西辣，南甜北咸

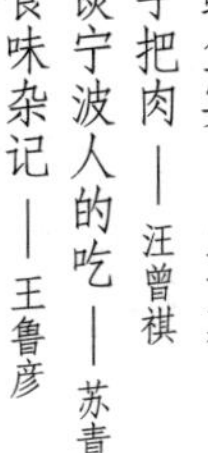

三餐四季，吃咸看淡

松花酿酒，春水煎茶

人生苦短，再来一碗

肚大能容，肠宽无忧

岁月不居，好好吃饭

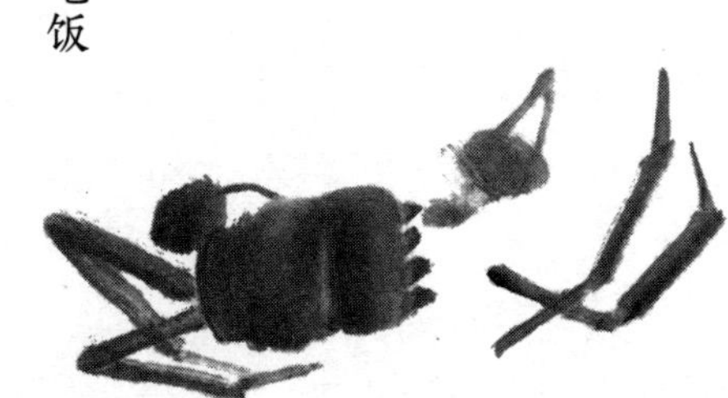

壹

东酸西辣，南甜北咸

想起有味美馄饨

唐鲁孙①

北方人是以面为主食的，带馅儿的面食大致说来有包子、水饺、蒸饺、馄饨、馅儿饼、烧卖、合子等，经常吃的也不过是包子、饺子、馄饨三两样而已。带馅儿的面食，我是比较喜欢吃馄饨，因为馄饨带汤。馄饨皮不管是轧的也好，擀的也好，都不会太厚。至于饺子皮可就说不定了，有的人家擀的皮真比铜钱还厚，如果馅子再拌得不地道，这种饺子简直没法下咽，所以宁可吃馄饨而不吃饺子。

我在读书时期，学校门外有个哑巴院，虽有通路，可是七弯八拐两个人仅能擦身而过，所以大家给它取名九道湾。此处有卖烫面饺儿的，卖烧饼油条粳米粥的，卖肉片口蘑豆腐脑儿的，还有一个卖馄饨的，大家设摊列肆、棚伞相接，同学们午间民生问题都可解决，就不必吃学校包饭，受伙食房的气了。卖馄饨的姓崔，戴着一副

①唐鲁孙（1902—1985），美食家。清光绪帝珍妃堂侄孙。自幼出入宫廷，博闻强记，自号『馋人』。被誉为『华人谈吃第一人』。

宽边眼镜，说话慢吞吞的，大家公送外号“老夫子”。他的馄饨虽然是纯肉馅儿，可是肌质脍腻，筋络剔得干干净净。人家下馄饨的汤，是用猪骨头、鸡架子熬的，他用排骨肉、老母鸡煨汤，所以他的馄饨特别好吃；馄饨吃腻了，让他下几个肉丸子更是滑香适口。北平下街馄饨挑子，我吃过不少，谁也没有老崔的馄饨合口味。来到台湾遇见一位在北平给CAT航空公司管伙食的赵济先生，他也认识老崔，他说老崔每天晚上都出挑子下街卖馄饨，在东北城，老主顾都说老崔的馄饨算是一绝，那就无怪其然啦！

在北平大酒缸喝酒，酒足饭饱之后不是来碗羊杂碎，就是喝碗馄饨。馄饨而曰喝，是把它当成汤啦。把着西四牌楼砖塔胡同有个大酒缸叫三义合，酒里不掺红矾更不下鸽子粪，所以西城爱靠大酒缸的酒客们，没事都喜欢到三义合叫两角酒解解闷儿。因为酒客多，门口各种小吃也就五花八门、“列鼎而食”、无所不有了。有份馄饨挑子，挑主大家都叫他破皮袄，日子久了，他姓甚名谁，也就没人知道了。他的馄饨倒没什么特别，汤是滚水一锅，既没猪骨头，更没鸡架子，锅边上摆满了瓶瓶罐罐的作料，他东抓一点西抓一点，馄饨端上来就是一碗清醇、沉郁、醒酒的好汤，您说绝不绝？江南俞五（振飞）在北平时住玛噶喇庙，三天两头没事晚上往三义合跑，您就知道三义合的魅力有多大啦。

北平八大胡同的陕西巷，有一家小吃店，名叫陶陶，白天是苏广成衣店，到了夜阑人静，收拾剪尺案板，就变成陶陶小吃，专供倌人们陪伴恩相好来消夜了。荠菜在南方属于山蔬野菜，原田间俯拾皆是，北方人根本不认荠菜，南人北来能吃到荠菜，觉得总可稍慰莼羹鲈脍之思。陶陶的荠菜馄饨，可以说是独沽一味。每天到天坛采回来的荠菜，数量不多，去太晚卖完了只好明晚请早了。在北平只江浙人家饭菜里偶然可以吃到荠菜，至于以上海小吃号召的五芳斋，也没有荠菜馄饨卖，所以在南方人眼里，这种野蔬还视同珍品呢！

后来笔者到汉口工作，每天总要忙到午夜一两点钟，于是养成吃消夜的习惯。当时我住在云樵路的辅益里，在弄堂口过街楼下，每晚有个卖馄饨面的，弄堂里的住户，都喜欢让他下一碗馄饨面送到家里去吃，所以生意虽好，可是坐在摊子上吃的人并不多。有一晚外面小雨迷蒙，工作太久了想出去吃碗馄饨舒散一下筋骨，走到馄饨摊子前，看见宣铁吾站在摊子的左边，摊子上坐着披黑斗篷的人，正在吃馄饨，细一看才知道是我们“最高领袖”蒋公在吃馄饨呢！吃完之后，频频夸赞，连说味道不错。后来夏灵炳、何雪竹、杨揆

一、朱传经、贾士毅、沈肇年，还有当时市长吴国桢，纷纷来尝，也都成了这个馄饨摊上的常客了。摊主对来吃馄饨的客人，一视同仁，绝无厚此薄彼的分野。王雪艇先生说："辅益里的馄饨固然在武汉首屈一指，而卖馄饨的夷简浑穆，更是难能可贵。"抗战胜利复员，故友李藻孙由水路出川，道经武汉，还特地到辅益里吃过一次馄饨，老头健朗如昔，只是鬓边多添几许白发而已。

抗战初期，我在上海南洋路南洋新务村住了一个短时期，隔邻就是伪税务署长邵式军，据说他是美术家（诗人）邵洵美的胞弟，又是日本天皇裕仁的干儿子。他的公馆里每晚车马盈门，履舄交错，镜槛回花，银灯涡月。到了夜阑人散，总有一位卖馄饨的，把挑子放在路边敲梆叫卖。他的馄饨汤清醇不油，卖馄饨的自己夸称，他的汤是用两鸡一鸭吊出来的上汤，馄饨皮是用鸡蛋白揉的面，所以爽而且脆，馅子是虾仁鲜肉也是脆绷绷的。这种纯粹广式馄饨，的确清淡爽口。邵家每晚总要叫个十碗八碗去消夜，卖馄饨的虽然卖的是广式馄饨，可是他根本不会说广东话，包馄饨下馄饨手脚都不算麻利，更不爱说话，可是气宇轩昂，不像市井小民，后来才知道他是地下工作人员吴绍澍。等到抗战胜利，他露出身份来。天天给他包馄饨的助手"阿根林"，等吴做了上海副市长后，受吴资助在卡德路开了一间小吃店卖广东粥、芝麻糊、鸡汤馄饨，以酬有功。凡是知道抗战期间这段往事的，都要光顾这家小店，瞧瞧这位无名英雄是什么长相呢！

四川同胞管馄饨叫抄手，提起小梁子会仙桥华光楼的大抄手，凡是吃过的人，无不津津乐道。华光楼听起来气派不小，其实不过是双连铺面、十多张桌子的一个面馆而已。他家抄手之所以出名，是因为面和得软硬适度，馄饨皮都是现擀现包，一边擀，一边用擀面杖敲案板，一方面提神，二方面招揽顾客。久而久之就敲出各式各样花点来，那比京剧《青石山》王半仙捉妖打的铛铛通要耐听多啦。他家皮子好，馅儿就更讲究，肥瘦肉三七比例，口蘑、金钩都选上品剁成细泥，然后加作料拌匀，吃到嘴里饱浥糜浆，异常腴美，平日只知小笼包饺带汤，抄手带汤的华光楼恐怕要算独一份儿了。因为他家馄饨个儿特别大，一碗八只，普通饭量已经够饱。重庆人喜欢说占人便宜的俏皮话：“会仙桥的大抄手——你吃不过八。”“八”“爸”同音，无形中就占了便宜了。

无锡城里大吊桥街，有一家专卖鸡汤馄饨的名叫“过福来”，馄饨小巧玲珑，跟重庆会仙桥的大抄手，一大一小成强烈对比。鸡汤里放上蒜瓣儿、芹菜丝儿，味道特别甘鲜腴润。无锡人平素不近葱蒜，唯独鸡汤馄饨用大蒜吊汤，实在令人说不出所以然来。吴稚老虽说是常州人，其实他是在无锡生长的，他老人家每次回乡总要到过福来吃一顿鸡汤馄饨。他说吃遍了大江南北，过福来的馄饨要算第一。名人一语之褒，过福来的生意就蒙其实惠了，好啖朋友经过无锡，到过福来吃鸡汤馄饨，跟到苏州吃石家鲃肺汤都变成不可少的观光项目了。

台湾光复初期，甭说吃馄饨，想吃福州式又甜又咸的包子，还戛戛乎其难呢。一九五八年，我在屏东夜市场发现一家小吃店专卖小笼汤包、温州大馄饨。说句良心话，他家汤包比当时台北三六九要高明多了，第一是面不粘牙，第二是汤多味永。温州馄饨包得双叠挽边，一看就知道店主夫妻二人，一定有一位是温州人。馄饨的菜肉比例也恰到好处。老板原来学的手艺是做皮箱，外婆家是温州锦记馄饨大王，小时候在外婆家帮过两年忙，卖温州大馄饨，所以他虽然是真茹人，可是温州馄饨做得非常地道。可惜后来生意做开了，女儿都去读书，找不到得力帮手，只好又回老本行做箱子去了。屏东北平路有一处家庭馄饨店，先生掌勺太太包馄饨。他家馄饨最大优点是肉剔得干净，绝无筋络脆骨，味道跟北平馄饨挑子卖的极为相似。因为物美价廉，华灯初上，座位都是坐得满满的。台北卖馄饨的到处都是，可是想找一两家够水准的，还没有发现呢！现在大小饭馆在报纸上所登广告，说的都是天花乱坠，结果一尝大都似是而非。这班小朋友趾高气扬，又多耻于下问，菜犹如此，遑论面点一类小吃啦！

几样难忘的特别菜

唐鲁孙

到饭馆子吃饭点菜，固然谈不上什么大学问，可是到哪省馆子点哪一省的菜，如果点到当口上，掌勺的知道您是吃客，不但刀勺上下点功夫，就是堂口算账，也不敢乱开花账，保您吃一餐物美价廉、适口充肠的美馔。不过有些极普通的菜，或因历史渊源、地区性的掌故、省籍的不同，起了一个稀奇古怪的菜名，弄得不明底细的客人迷迷糊糊。现在把我所知道的写几个出来，供为吃的朋友们一笑。

“急里蹦”。东兴楼在北平，算是数一数二的山东馆子了，讲火候的爆、炒、熘、炸，都很拿手。逊清贝勒载涛，有一天到东兴楼吃饭，点了一个“爆双脆”，其中一脆鸭肫，火候恰好，另一脆肚头就嫌过火了。一问灶上，才知毛病出在肫肚同时下的锅。他当时指点掌勺的说：“鸭肫跟肚头虽然都是要用快火，可是火候不能一样，一块儿下锅爆炒，肚嫩火候够了，鸭肫则还欠火候，等鸭肫够了火候，肚子又老得嚼不动了。多好的手艺，要是肫肚一同下锅也没法让两者都恰到好处。因此双脆必须分开来爆，各自过油，然后勾芡上桌。”涛贝勒向来是不拘小节的，说完了一挽袖子亲自下厨，站在灶旁做了监厨。两位大师傅一看贝勒爷亲自入厨，立刻精神抖擞，使出浑身解数，把灶火挑得一尺来高，扬勺翻炒，照指示先分后合，端上桌一尝，果然色、香、味、脆无一不好。

涛贝勒鉴于指点成功，笑着说：“瞧你们急里蹦跳的，真难为你们啦，赏每人二十块钱，买双鞋穿吧！”经此品题，“急里蹦”从此就变成东兴楼爆双脆专有的名词啦！

早年扬州盐商们既有钱又有闲，所以颇讲求口腹之欲。有一次我到扬州公干，当地有一位票商周颂黎，知道我是北平来的，吃过见过，于是他让盐号里清客，跟厨下研究一两样别出心裁的菜来夸耀一番。有一道菜上来，他说：“北方馆子讲究吃‘拉皮’，今天我关照厨房做了一个‘荤拉皮’，请您尝尝味道如何。”这道菜名为荤拉皮，说穿了跟粉皮一点关系也没有，所谓“粉皮”其实是取自甲鱼。甲鱼以马蹄大小为度，只取其裙边，捣去墨翳，漂成白色半透明体，用鸡油翻炒，加上葱姜细末，裙片入口，即溶为胶汁，食不留滓，只觉鲜美。佳肴独沾，确实开了一次洋荤，以后就从未见过谁家会做这道菜啦。

陕西地接西陲，春多风沙，冬季苦寒，照一般人想象一定不会有什么精美饮馔。可是自从明儒王石渠、韩苑洛两位先贤在三原地方倡导所谓三原学派，人杰地灵，精研博考，文风大盛。在饮食方面，兰肴玉俎自然精美。三原人吃面的碗，大小跟台南担子面的碗相仿，三原人包的饺子，比一节大拇指头大不了许多。他们虽然不重视山珍海味，可是对于刀法、火候、菜式、程序的讲究，实在不输江南。

三原有家菜馆叫明德楼，虽非鼎彝环壁，但是湘帘棐几，倒也一派斯文。掌柜叫张荣，他说是在宁夏学的手艺。在三原他算是天字第一号的名厨了。我第一天在明德楼吃白风肉夹烧饼，烧饼打得松而不油，加上肉又腴而不腻，我一夸好，张掌柜认为我说的是知味之言，一兴奋准备亲自下厨，约我第二天去吃他做的“海尔髈”。他这一“海尔髈”可把我考住了，猜想不出海尔髈是什么。

第二天等海尔髈一端上桌，敢情是红烧大肘子，不过比一般炖肘子更香，还有干对虾味儿，可是海碗里又没有大虾干！肉是五花三层，肘子皮看上去油汪汪锃亮，吃到嘴里毫不腻人。张掌柜说这个菜是在宁夏都统衙门里学的，他的师父依克坦布奇是当时衙门里的头厨，是前任都统裕朗轩从盛京带到宁夏的，其师父是镶蓝旗满人，海尔髈是一道满洲菜。满洲古老的烧肘子方法，是用整瓶糊米酒跟松花江的白鱼干垫底来烧。等肘子炖得稀烂，酒香鱼香都吸到肘子里去，而肘子的肥油则全被鱼干吸走，所以肘子蕴有鱼香，肥而不腻；拿出来的鱼干，要是加粉条白菜一熬，又是一道清隽实惠的下饭菜。这道菜虽然没有什么深文奥义，可是酒要一次加得足，不能中途掀锅盖儿加水，自然腴香诱人原浆味美。后来我回到北平，教给庖人仿做几次，似乎跟在三原明德楼做的味道不同，是否有什么诀窍没告诉我，就不得而知啦。

河北省正定县在汉代属常山，是浑身是胆的子龙赵四将军的故里，在平汉线上属于三等站，特别快车经过是停靠的。有一年我搭平汉线火车去郑州公干，正定站外路上搬错道岔，前面货车出轨，翻了两辆，我坐的快车无法通过，只好下车投宿，等第二天路轨修好再走。同车的有一位石家庄人赵春坡，在正定开过染坊，他愿做识途老马，既不能走，索性在正定玩玩。

首先我们到当地人称之为“赵庙”的赵四将军庙瞻礼，这跟称呼孔庙、关庙含有同样崇敬的意味。庙貌虽不算十分伟丽，可也庌庑四达、穿廊圆拱、丹碧相映。神庭左侧，有一只兵器架，上面插着一枝镔铁长矛，据说从前有血挡红缨，大概年深日久，变成秃缨长矛了。枪在架子上虽然拔不下来，用双手却能转动，分量足足有一百斤以上。拜完赵庙之后，我们就赶到十字街的北楼饭馆，品尝当地名菜“崩肝”跟“热切丸子”。

崩肝是选猪的沙肝，剔去筋络，用开水一烫，切成细丝，加作料，用热油爆炒，起锅上桌。炒出来的肝丝，根根鲜脆，咬在嘴里咯吱咯吱地响，所以叫崩肝。崩肝的配料北楼饭馆用鸡丁（有的饭馆用肉丁），也能焦里带脆，那就是人家的手艺火功啦！

热切丸子是正定特有的一道菜，在别处还真没吃过。鸡蛋摊得薄薄的，鸭肉剁成泥，加作料炒熟，把鸭泥卷在蛋皮里蒸熟切段上桌，蘸着正宗特制的芥末吃，蛋皮嫩黄，鸭泥褐中带粉，芥菜黄里透绿，甭说吃，颜色已经够诱人啦。赵春坡说：“当年乾隆皇帝把金镶白玉版、红嘴绿鹦哥，列入御膳房的上食珍味；如果他尝过正定热切丸子，对于前两者，恐怕就不屑一顾了呢！”

傅青主是清初反清复明最激烈的一位学者，一举一动都有炽烈的反清意识。太原开了一家小饭铺，请他题名，他给这家饭铺取名“清和元”。这家饭铺以卖早点驰誉太原，其中以卖“头脑”跟一种酥火烧出名。头脑又叫八珍汤，汤里煮的是羊的腰窝肉、粗枝山药、粉藕切片、腌韭菜末、酒泡黄芪党参，据说吃了八珍汤可以醒脑益智。酥火烧别名帽盒儿，帽盒儿里放的是清代官吏的顶戴，意在把它吞在腹内。

清和元每天天不亮就下板做生意，门口一直点着一盏灯笼，表面上是说他每天下板早，其实骨子里隐含“不忘大明”的意思在内。太原东大街清和元是最原始的一家，后来有人看他家生意大好，连大同丰镇都开有清和园，实际已失去当初傅青主取名清和元的意义了。八珍汤这种早点，在酷寒的冬季，吃一碗，确实驱寒暖体，令人神清气爽，不过江浙一带朋友嫌它有股膻气，大多不敢领教呢！

庚子拳乱，慈禧率同光绪仓皇出走，一直逃到山西太原，才惊魂甫定，变逃难为西狩，继续西行到了陕西西安。御膳房司役人等，大致都赶来随驾，御膳房恢复了旧观，因此也把西安的烹饪水准大大提高。羊肉泡馍，本来是上不了台盘的粗吃，有一天慈禧的凤辇，经过鼓楼大街，忽然闻到一阵幽椒配盐、气味芳烈的肉香，于是停辇驻骖，就在辇中吃了一碗热乎乎的羊肉泡馍。据说回銮之后，喜欢颂扬圣德的臣下们，把西安鼓楼前卖泡馍的老白家的门前取名止辇坡。从此老白家以原汤煮肉来号召，那肉炖得酞郁腴美，肥肉固然化为琼浆，就是瘦肉也糜烂得入口即溶。

入民国，他家的生意越做越兴盛，到西安来的外路人，如果不到老白家吃碗羊肉泡馍，似乎是太可惜了。同时他家的“湾口”在西安也是头一份，外地人到西安，当地士绅都喜欢请客人到老白家吃“湾口”，以表示自在西安吃得开。所谓湾口，就是大尾巴羊肛门四周的括约肌，因为纤维细韧，嚼起来鲜嫩有味，这跟吃牛头筵，肉的精华是在牛鼻子四周的括约肌是一样的。不过一只羊只有一个湾口，宰三两只羊，也不过三两个湾口，所以得之者往往夸耀自己运气好，食指动，当天遇见什么事都能得心应手，成了大家卜祈运道的妙方了。

这两年海鲜店大为走红，台湾各县市，从南到北，触目都是金碧辉煌、昼夜璀璨的海鲜店。有一次我在东港吃海鲜，东亚楼老板跟我说有刚出水的大蛤蜊，那跟江苏武进孙家酒店的大蛤蜊可就没法相比啦——孙家酒店是以卖“土绍”出名的。掌柜的大家官称孙老太婆，虽然不卖炒菜，可是她家下酒小菜只只精彩。她看客人酒已喝够了，便将白砂锅蛤蜊炖南豆腐端上桌来。据说武进河汉子里活水河蚌，有长达七八寸的，孙家酒店这道菜都是孙老太婆自己动手，绝不假手于人。她把壳内泥沙洗得干干净净，用竹篾帚把韧肉捣烂，用吊好的高汤，豆腐几乎煮化，架在红泥小火炉上上桌。另配茼蒿细粉，亦汤亦菜任客煮食。无锡常州一带的菜肴，对我们口味重的人，会觉得太甜了一些，这道菜可以甜咸自理，吃了这道，无一不是赞不绝口，所以北人南来，对于这道菜，印象最深刻了。

中国各省幅员广袤，一个小城镇都有它的拿手菜，一时也说之不完，我拿几样特别菜来说说，无非是解解馋聊以解嘲而已。

胡桃云片

丰子恺①

凭窗闲眺，想觅一个随感的题目。

说出来真觉得有些惭愧：今天我对于展开在窗际的“一·二八”战争的炮火的痕迹，不能兴起“抗日救国”的愤慨，而独仰望天际散布的秋云，甜蜜地联想到松江的胡桃云片。也想把胡桃云片隐藏在心里，而在嘴上说抗日教国。但虚伪还不如惭愧些吧。

三四年前在松江任课的时候，每星期课毕返上海，黄包车经过望江楼隔壁的茶食店，必然停一停车，买一尺胡桃云片带回去吃。这种茶食是否为松江的名物，我没有调查过。我是有一回同一个朋友在望江楼喝茶，想买些点心吃吃，偶然在隔壁的茶食店里发现的。发现以后，我每次携了藤箧坐黄包车出城的时候必定要买。后来成为定规，那店员

①丰子恺（1898—1975），画家、文学家、美术和音乐教育家。浙江桐乡人。文笔隽永清朗，被誉为『现代中国最像艺术家的艺术家』。

看见我的车子将停下来，就先向橱窗里拿一尺糕来称分量。我走到柜前，不必说话，只须摸出一块钱来等他找我。他找我的有时两角小洋，有时只几个钢板，视糕的分量轻重而异。每月的糕钱约占了我的薪水的十二分之一。我为什么肯拿薪水的十二分之一来按星期致送这糕店呢？因为这种糕实有使我欢喜之处，且听我说：

云片糕，这个名词高雅得很。“云片”二字是糕的色彩、形状的印象的描写。其白如云，其薄如片，名之曰云片，真是高雅而又适当。假如有一片糕向空中不翼而飞，我们大可用古人“白云一片去悠悠”之句来题赞这景象。但我还以为这名词过于象征了些。因为糕的厚薄固然宜于称片，但就糕的轮廓的形状上看，对于上面的“云”字似觉不切。这糕的四边是直线，四根直线围成一个长方形。用直线围成的长方形来比拟天际缭绕不定的云，似乎过于象征而有些牵强了。若把“云片”二字专用于胡桃云片上，那么我就另有一种更有趣味的看法。

胡桃云片，本是加有胡桃的云片糕的意思。想象它的制法，大约是把一块一块的胡桃肉装入米粉里，做成一段长方柱形，然后用刀切成薄薄的片。这样一来，每一片糕上都有胡桃肉的各种各样的切断面的形状。胡桃肉的形体本是非常复杂，现在装入糕中而切成片子，就因了它的位置、方向及各部形体的不同，而在糕片上显出变化多样的形象来。试切下几片来，不要立刻塞进口里，先来当作小小的画片观赏一下。有许多极自然的曲线，描出变化多样的形象，疏疏密密地排列在这些小小的画片上。倘就各个形象看：有的像果物，有的像人形，有的像鸟兽，还有许多像台湾。就全体看：有时像蠹鱼钻过的古书，有时像别的世界的地图，有时像古代的象形文字，然而大都疏密无定，颇像现在窗外的散布着秋云的天空。古人诗云："人似秋云散处多。"秋天的云，大都是一朵一朵地分散而疏密无定的。这颇像胡桃云片上的模样。故我每吃胡桃云片便想起秋天，每逢秋天便想吃胡桃云片。根据我这看法而称这种糕曰"胡桃云片"，岂不更为雅致适切、更有趣味吗?

松江人似乎曾在胡桃云片上发现了这种画意。他们所制的糕，不像别处的产物似的仅在云片中嵌入胡桃肉，他们在糕的四周用红色的线条作一黄金律的缘，而把胡桃的断面装点在这缘线内。这宛如在一幅中国画上加了装裱，或是在一幅西洋画上加了镜框，画的意趣更加焕发了。这些胡桃肉受了缘的隔离，已与实际的世间绝缘，不复是可食的胡桃肉，而成为独立的美的形体了。

因这缘故，松江的胡桃云片使我特别欢喜。辞了松江的教职以后，我不能常得这种胡桃糕，但时时要想念它——例如，今天凭窗闲眺而望天际散布的秋云的时候。读者也许要笑："你在想吃松江胡桃糕，何必絮絮叨叨地说出这一大篇！"不，不，我要吃糕很容易：到江湾街上去买两百文胡桃肉，七个铜板云片糕，拿回家来用糕包裹胡桃肉，闭了眼睛塞进嘴里，嚼起来味道和松江胡桃云片完全一样。我的想念松江胡桃云片，是为了想看。至少，半是为了想看，半是为了想吃。若要说吃，我吃这种糕是并用了眼睛和嘴巴而吃的。

我们中国的市上，仅用嘴巴吃的东西太多了。因此使我拿薪水的十二分之一来按星期致送松江的糕店，又使我在江湾的窗际遥遥地想念松江的胡桃云片。我希望中国到处的市上，并用眼睛和嘴巴来吃的东西渐渐多起来。不但嘴吃的东西，身体各部所用的东西，也都要教眼睛参加进去才好。我又希望中国到处的市上，并用眼睛和身体来用的东西也渐渐多起来。

蟹

梁实秋[1]

蟹是美味，人人喜爱，无间南北，不分雅俗。当然我说的是河蟹，不是海蟹。在台湾有人专程飞到香港去吃大闸蟹。好多年前我的一位朋友从香港带回了一篓螃蟹，分飨我两只，得膏馋吻。蟹不一定要大闸的，秋高气爽的时节，大陆上任何湖沼溪流，岸边稻米高粱一熟，率多盛产螃蟹。在北平，在上海，小贩担着螃蟹满街吆唤。

七尖八团，七月里吃尖脐（雄），八月里吃团脐（雌），那是蟹正肥的季节。记得小时候在北平，每逢到了这个季节，家里总要大吃几顿，每人两只，一尖一团。照例通知长发送五斤花雕全家共饮。有蟹无酒，那是大煞风景的事。《晋书·毕卓传》：“右手持酒杯，左手持蟹螯，拍浮酒船中，便足了一生矣！”我们虽然没有那样狂，也很觉得乐陶陶了。母亲对

①梁实秋（1903—1987），散文家、翻译家、文学评论家、莎士比亚研究专家。文风被称为『雅舍体』，随想随写，不拘篇章。

我们说，她小时候在杭州家里吃螃蟹，要慢条斯理，细吹细打，一点蟹肉都不能糟踏，食毕要把破碎的蟹壳放在戥子上称一下，看谁的一份儿分量轻，表示吃的最干净，有奖。我心粗气浮，没有耐心，蟹的小腿部分总是弃而不食，肚子部分囫囵略咬而已。每次食毕，母亲教我们到后院采择艾尖一大把，搓碎了洗手，去腥气。

在餐馆里吃"炒蟹肉"，南人称蟹粉，有肉有黄，免得自己剥壳，吃起来痛快，味道就差多了。西餐馆把蟹肉剥出来，填在蟹匡里（蟹匡即蟹壳）烤，那种吃法别致，也索然寡味。食蟹而不失原味的唯一方法是放在笼屉里整只的蒸。在北平吃螃蟹唯一好去处是前门外肉市正阳楼。他家的蟹特大而肥，从天津运到北平的大批蟹，到车站开包，正阳楼先下手挑拣其中最肥大者，比普通摆在市场或担贩手中者可以大一倍有余，我不知道他是怎样获得这一特权的。蟹到店中畜在大缸里，浇鸡蛋白催肥，一两天后才应客。我曾掀开缸盖看过，满缸的蛋白泡沫。食客每人一份小木槌、小木垫，黄杨木制，旋床子定制的，小巧合用，敲敲打打，可免牙咬手剥之劳。我们因是老主顾，伙计送了我们好几副这样的工具。这个伙计还有一样绝活，能吃活蟹，请他表演他也不辞。他取来一只活蟹，两指掐住蟹匡，任它双螯乱舞轻轻把脐掰开，咔嚓一声把蟹壳揭开，然后扯碎入口大嚼，看得人无不心惊。据他说味极美，想来也和吃炝活虾差不多。在正阳楼吃蟹，每客一尖一团足矣，然后补上一碟烤羊肉夹烧饼而食之，酒足饭饱。别忘了要一碗汆大甲，这碗汤妙趣无穷，高汤一碗煮沸，投下剥好了的蟹螯七八块，立即起锅注在碗内，洒上芫荽末、胡椒粉和切碎了的回锅老油条。除了这一味汆大甲，没有任何别的羹汤可以压得住这一餐饭的阵脚。以蒸蟹始，以大甲汤终，前后照应，犹如一篇起承转合的文章。

蟹黄、蟹肉有许多种吃法，烧白菜，烧鱼唇，烧鱼翅，都可以。蟹黄烧卖则尤其可口，惟必须真有蟹黄、蟹肉放在馅内才好，不是一两小块蟹黄摆在外面作样子的。蟹肉可以腌后收藏起来，是为蟹胥，俗名为蟹酱，这是我们古已有之的美味。《周礼·天官·庖人注》："青州之蟹胥。"青州在山东，我在山东住过，却不曾吃过青州蟹胥，但是我有一位家在芜湖的同学，他从家乡带了一小坛蟹酱给我。打开坛子，黄澄澄的蟹油一层，香气扑鼻。一碗阳春面，加进一两匙蟹酱，岂止是"清水变鸡汤"？

海蟹虽然味较差，但是个子粗大，肉多。从前我乘船路过烟台、威海卫，停泊之后，舢板云集，大半是贩卖螃蟹和大虾的。都是煮熟了的。价钱便宜，买来就可以吃。虽然微有腥气，聊胜于无。生平吃海蟹最满意的一次，是在美国华盛顿州的安哲利斯港的码头附近，买得两只巨蟹，硕大无朋，从冰柜里取出，却十分新鲜，也是煮熟了的，一家人乘等候轮渡之便，在车上分而食之，味甚鲜美，和河蟹相比各有千秋，这一次的享受至今难忘。

陆放翁诗："磊落金盘荐糖蟹。"我不知道螃蟹可以加糖。可是古人记载确有其事。《清异录》："炀帝幸江州，吴中贡糖蟹。"《梦溪笔谈》："大业中，吴郡贡蜜蟹二千头……又何胤嗜糖蟹。大抵南人嗜咸，北人嗜甘，鱼蟹加糖蜜，盖便于北俗也。"

如今北人没有这种风俗，至少我没有吃过甜螃蟹，我只吃过南人的醉蟹，真咸！螃蟹蘸姜醋，是标准的吃法，常有人在醋里加糖，变成酸甜的味道，怪！

佛跳墙

梁实秋

佛跳墙的名字好怪。何美味竟能引得我佛失去定力跳过墙去品尝？我来台湾以前没听说过这一道菜。

《读者文摘》（一九八三年七月中文版）引载可叵的一篇短文《佛跳墙》，据她说佛跳墙“那东西说来真罪过，全是荤的，又是猪脚，又是鸡，又是海参、蹄筋，炖成一大锅，……这全是广告噱头，说什么这道菜太香了，香得连佛都跳墙去偷吃了”。我相信她的话，是广告噱头，不过佛都跳墙，我也一直的跃跃欲试。

同一年三月七日《青年战士报》有一位郑木金先生写过一篇《油画家杨三郎祖传菜名闻艺坛——佛跳墙耐人寻味》，他大致说：“传自福州的佛跳墙……在台北各大餐馆，正宗的佛跳墙已经品尝不到了。……偶尔在一般乡间家庭的喜筵里也会出现此道台湾名菜，大部以芋头、鱼皮、排骨、金针菇为主要配料。其实源自福州的佛跳墙，配料极其珍贵。杨太太许玉燕花了十多天闲工夫才能做成的这道菜，有海参、猪蹄筋、红枣、鱼翅、鱼皮、栗子、香菇、蹄膀筋肉等十种昂贵的配料，先熬鸡汁，再将去肉的鸡汁和这些配料予以慢工出细活的好几遍煮法，前后计时将近两星期……已不再是原有的各种不同味道，而合为一味。香醇甘美，齿颊留香，两三天仍回味无穷。”这样说来，佛跳墙好像就是一锅煮得稀巴烂的高级大杂烩了。

北方流行的一个笑话，出家人吃斋茹素，也有老和尚忍耐不住想吃荤腥，暗中买了猪肉运入僧房，乘大众人睡之后，纳肉于釜中，取佛堂燃剩之蜡烛头一罐，轮番点燃蜡烛头于釜下烧之。恐香气外溢，乃密封其釜使不透气。一罐蜡烛头于一夜之间烧光，细火久焖，而釜中之内烂矣；而且酥软味腴，迥异寻常。戏名之为“蜡头炖肉”。这当然是笑话，但是有理。

我没有方外的朋友，也没吃过蜡头炖肉，但是我吃过“坛子肉”。坛子就是瓦钵，有盖，平常做储食物之用。坛子不需大，高半尺以内最宜。肉及佐料放在坛子里，不需加水，密封坛盖，文火慢炖，稍加冰糖。抗战时在四川，冬日取暖多用炭盆，亦颇适于做坛子肉，以坛置定盆中，烧一大盆缸炭，坐坛子于炭火中而以灰覆炭，使徐徐燃烧，约十小时后炭未尽成烬而坛子肉熟矣。纯用精肉，佐以葱姜，取其不失本味，如加配料以笋为最宜，因为笋不夺味。

“东坡肉”无人不知。究竟怎样才算是正宗的东坡肉，则去古已远，很难说了。幸而东坡有一篇《猪肉颂》：

净洗铛，少着水，柴头罨烟焰不起。
待他自熟莫催他，火候足时他自美。
黄州好猪肉，价钱如泥土，
贵者不肯食，贫者不解煮。
早晨起来打两碗，饱得自家君莫管。

看他的说法，是晚上煮了第二天早晨吃，无他秘诀，小火慢煨而已。也是循蜡头炖肉的原理。就是坛子肉的别名吧？

一日，唐嗣尧先生招余夫妇饮于其巷口一餐馆，云其佛跳墙值得一尝，乃欣然往。小罐上桌，揭开罐盖热气腾腾，肉香触鼻。是否及得杨三郎先生家的佳制固不敢说，但亦颇使老饕满意。可惜该餐馆不久歇业了。

我不是远庖厨的君子，但是最怕做红烧肉，因为我性急而健忘，十次烧肉九次烧焦，不但糟踏了肉，而且烧毁了锅，满屋浓烟，邻人以为是失了火。近有所谓电慢锅者，利用微弱电力，可以长时间地煨煮肉类；对于老而且懒又没有记性的人颇为有用，曾试烹近似佛跳墙一类的红烧肉，很成功。

鳜鱼宴

王世襄[①]

世界上有许多国家都用酒来调味，不同的酒味有助于形成各地菜肴的特色。香糟是绍兴黄酒酿后的余滓，用它泡酒调味却是中国的一大发明，妙在糟香不同于酒香，做出菜来有它的特殊风味，决不是只用酒所能代替的。

山东流派的菜最擅长用香糟，各色众多，不下二三十种。由于我是一个老饕，既爱吃，又爱做，遇有学习机会决不肯放过。往年到东兴楼、泰丰楼等处吃饭，总要到灶边转转，和掌勺的师傅们寒暄几句，再请教技艺；亲友家办事请客，更舍不得离开厨房，宁可少吃两道，也要多看几眼，香糟菜就这样学到了几样。

其一是糟熘鱼片，最好用鳜鱼，其次是鲤鱼或梭鱼。鲜鱼去骨切成分许厚片，淀粉蛋清浆好，温油拖过。勺内高汤兑用香糟泡

① 王世襄（1914—2009），文物研究专家、鉴赏家、收藏家。学识渊博，兴趣广泛，被称为『京城第一玩家』。

的酒烧开，加姜汁、精盐、白糖等佐料，下鱼片，勾湿淀粉，淋油使汤汁明亮，出勺倒在木耳垫底的汤盘里。鱼片洁白，木耳黝黑，汤汁晶莹，宛似初雪覆苍苔，淡雅之至。鳜鱼软滑，到口即融，香糟祛其腥而益其鲜，真堪称色、香、味三绝。

又一味是糟煨茭白或冬笋。夏、冬季节不同，用料亦异，做法则基本相似。茭白选用短粗脆嫩者，直向改刀后平刀拍成不规则的碎块。高汤加香糟酒煮开，加姜汁、精盐、白糖等佐料，下茭白，开后勾薄芡，一沸即倒入海碗，茭白尽浮汤面。碗未登席，鼻观已开，一啜到口，芬溢齿颊。妙在糟香中有清香，仿佛身在莲塘菰蒲间。论其格调，信是无上逸品。厚味之后，有此一盎，弥觉口爽神怡。糟煨冬笋，笋宜先蒸再改刀拍碎。此二菜虽名曰“煨”，实际上都不宜大煮，很快就可以出勺。

自己做的香糟菜，和当年厨师做的相比，总觉得有些逊色。思考了一下，认识到汤与糟之间，有矛盾又有统一。高汤多糟少则味足而香不浓，高汤少糟多则香浓而味不足。香浓味足是二者矛盾的统一，其要求是高汤要真高，香糟酒要糟浓。当年厨师香糟酒的正规做法是用整坛黄酒泡一二十斤糟，放入布包，挂起来慢慢滤出清汁，加入桂花，澄清后再使用。过去的高汤是用鸡、鸭、肉等在深桶内熬好，再砸烂鸡脯放入桶内把汤吊清，清到一清如水。自己做香糟菜临时用黄酒泡糟，煮个鸡骨架就算高汤，怎能和当年厨师的正规做法相比呢？只好自叹弗如了。

但我也有过一次得意的香糟菜，只有一次，即使当年在东兴楼、泰丰楼也吃不到，那就是在湖北咸宁干校时做的“糟熘鳜鱼白加蒲菜”。

1973年春夏间，五七干校已进入逍遥时期，不时有战友调回北京。一次饯别宴会，去窑嘴买了十四条约两斤重的鳜鱼，一律选公的，亦中亦西，做了七个菜：炒咖喱鱼片、干烧鳜鱼、炸鳜鱼排（用西式炸猪排法）、糖醋鳜鱼、清蒸鳜鱼、清汤鱼丸和上面讲到的鱼白熘蒲菜，一时被称为“鳜鱼宴”。直到现在还有人说起那次不寻常的宴会。

鳜鱼一律选公的，就是为了要鱼白，十四条凑起来有大半碗。从湖里割来一大捆茭白草，剥出嫩心就成为蒲菜，每根二寸来长，比济南大明湖产的毫无逊色。香糟酒是我从北京带去的。三者合一，做成后鱼白柔软鲜美，腴而不腻，蒲菜脆嫩清香，恍如青玉簪，加上香糟，其妙无比，妙在把糟油鱼片和糟煨茭白两个菜的妙处汇合到一个菜之中，吃得与会者眉飞色舞，大快朵颐。相形之下，其他几个菜就显得不过如此了。

其实做这个菜并不难，只是在北京一下子要搞到十四条活蹦乱跳的公鳜鱼和一大捆新割下来的茭白草却是不容易罢了。

手把肉

汪曾祺①

蒙古人从小吃惯羊肉，几天吃不上羊肉就会想得慌。蒙古族舞蹈家斯琴高娃（蒙古族女的叫斯琴高娃的很多，跟那仁花一样普遍）到北京来，带着她的女儿。她的女儿对北京的饭菜吃不惯。我们请她在晋阳饭庄吃饭，这小姑娘对红烧海参、脆皮鱼……统统不感兴趣。我问她想吃什么，“羊肉！”我把服务员叫来，问他们这儿有没有羊肉，说只有酱羊肉。“酱羊肉也行，咸不咸？”“不咸。”端上来，是一盘羊腱子。小姑娘白嘴把一盘羊腱子都吃了。问她：“好吃不好吃？”“好吃！”她妈说：“这孩子！真是蒙古人！她到北京几天，头一回说‘好吃’。”

蒙古人非常好客，有人骑马在草原上漫游，什么也不带，只背了一条羊腿。日落黄昏，看见一个蒙古包，下马

①汪曾祺（1920—1997），散文家、剧作家、京派小说代表作家。江苏高邮人。被誉为『抒情的人道主义者，中国最后一个纯粹的文人』。

投宿。主人把他的羊腿解下来，随即杀羊。吃饱了，喝足了，和主人一家同宿在蒙古包里，酣然一觉。第二天主人送客上路，给他换了一条新的羊腿背上。这人在草原上走了一大圈，回家的时候还是背了一条羊腿，不过已经不知道换了多少次了。

“四人帮”肆虐时期，我们奉江青之命，写一个剧本，搜集材料，曾经四下内蒙古。我在内蒙古学会了两句蒙古话。蒙古族同志说，会说这两句话就饿不着。一句是“不达一的”——要吃的；一句是“莫哈一的”——要吃肉。“莫哈”泛指一切肉，特指羊肉（元杂剧有一出很特别，汉话和蒙古话掺和在一起唱。其中有一句是“莫哈整斤吞”，意思是整斤地吃羊肉）。果然，我从伊克昭盟到呼伦贝尔大草原，走了不少地方，吃了多次手把肉。

八九月是草原最美的时候。经过一夏天的雨水，草都长好了，草原一片碧绿。阿格长好了，灰背青长好了，阿格和灰背青是牲口最爱吃的草。草原上的草在我们看起来都是草，牧民却对每一种草都叫得出名字。草里有野葱、野韭菜（蒙古人说他们那里的羊肉不膻，是因为羊吃野葱，自己把味解了）。到处开着五颜六色的花。羊这时也都上了膘了。

内蒙古的作家、干部爱在这时候下草原，体验生活，调查工作，也是为去“贴秋膘”。进了蒙古包，先喝奶茶。内蒙古的奶茶制法比较简单，不像西藏的酥油茶那样麻烦。只是用铁锅坐一锅水，水开后抓入一把茶叶，滚几滚，加牛奶，放一把盐，即得。我没有觉得有太大的特点，但喝惯了会上瘾的（蒙古人一天也离不开奶茶。很多人早起不吃东西，喝两碗奶茶就去放羊）。摆了一桌子奶食，奶皮子、奶油（是稀的）、奶渣子……还有月饼、桃酥。客人喝着奶茶，蒙古包外已经支起大锅，坐上水，杀羊了。蒙古人杀羊真是神速，不是用刀子捅死的，是掐断羊的主动脉。羊挣扎都不挣扎，就死了。马上开膛剥皮，工具只有一把比水果刀略大一点的折刀。一会儿的工夫，羊皮就剥下来，抱到稍远处晒着去了。看看杀羊的现场，连一滴血都不溅出，草还是干干净净的。

“手把肉”即白水煮切成大块的羊肉。一手“把”着一大块肉，用一柄蒙古刀自己割了吃。蒙古人用刀子割肉真有功夫。一块肉吃完了，骨头上连一根肉丝都不剩。有小孩子割剔得不净，妈妈就会说：“吃干净了，别像那干部似的！”干部吃肉，不像牧民细心，也可能不大会使刀子。牧民对奶、对肉都有一种近似宗教情绪似的敬重，正如汉族的农民对粮食一样，糟踏了，是罪过。吃手把肉过去是不预备佐料的，顶多放一碗盐水，蘸了吃。现在也有一点佐料，酱油、韭菜花之类。因为是现杀、现煮、现吃，所以非常鲜嫩。在我一生中吃过的各种做法的羊肉中，我以为手把羊肉第一。如果要我给它一个评语，我将毫不犹豫地说：无与伦比！

吃肉，一般是要喝酒的。蒙古人极爱喝酒，而且几乎每饮必醉。我在呼和浩特听一个土默特旗的汉族干部说“骆驼见了柳，蒙古人见了酒”，意思就走不动了——骆驼爱吃柳条。我以为这是一句现代俗话。偶读一本宋人笔记，见有“骆驼见柳，蒙古见酒”之说，可见宋代已有此谚语，已经流传几百年了。可惜我把这本笔记的书名忘了。宋朝的蒙古人喝的大概是武松喝的那种煮酒，不会是白酒——蒸馏酒。白酒是元朝的时候才从阿拉伯传进来的。

在达茂旗吃过一次“羊贝子”，即煮全羊。整只羊放在大锅里煮。据说蒙古人吃只煮三十分钟，因为我们是汉族，怕太生了不敢吃，多煮了十五分钟。整羊，剁去四蹄，趴在一个大铜盘里。羊头已经切下来，但仍放在脖子后面的腔子上，上桌后再搬走。吃羊贝子有规矩，先由主客下刀，切下两条脖子后面的肉（相当于北京人所说的“上脑”部位），交叉斜搭在肩背上，然后其他客人才动刀，各自选取自己爱吃的部位。羊贝子真是够嫩的，一刀切下去，会有血水滋出来。同去的编剧、导演，有的望而生畏，有的浅尝即止，鄙人则吃了个不亦乐乎。羊肉越嫩越好。蒙古人认为煮久了的羊肉不好消化，诚然诚然。我吃了一肚子半生的羊肉，太平无事。

蒙古人真能吃肉。海拉尔有两位书记到北京东来顺吃涮羊肉，两个人要了十四盘肉，服务员问："你们吃得完吗？"一个书记说："前几天我们在呼伦贝尔，五个人吃了一只羊！"

蒙古人不是只会吃手把肉，他们也会各种吃法。呼和浩特的烧羊腿，烂，嫩，鲜，入味。我尤其喜欢吃清蒸羊肉。我在四子王旗一家不大的饭馆中吃过一次"拔丝羊尾"。我吃过拔丝山药、拔丝土豆、拔丝苹果、拔丝香蕉，从来没听说过羊尾可以拔丝。外面有一层薄薄的脆壳，咬破了，里面好像什么也没有，一包清水，羊尾油已经化了。这东西只宜供佛，人不能吃，因为太好吃了！

我在新疆唐马拉牧场吃过哈萨克的手抓羊肉。做法与内蒙古的手把肉略似，也是大锅清水煮，但切的肉块较小，煮的时间稍长。肉熟后，下面条，然后装在大瓷盘里端上来。下面是肉，上面是肉。主人以刀把肉切成小块，客人以手抓肉及面同吃。吃之前，由一个孩子执铜壶注水于客人之手。客人手上浇水后不能向后甩，只能待其自干，否则即是对主人不敬。铜壶颈细而长，壶身镂花，有中亚风格。

谈宁波人的吃

苏青①

自己因为是宁波人，所以常被挖苦为惯吃咸蟹鱼腥的。其实只有不新鲜的鱼才带腥，在我们宁波，八月里桂花黄鱼上市了，一堆堆都是金鳞灿烂，眼睛闪闪如玻璃，唇吻微翕，口含鲜红的大条儿，这种鱼买回家去洗干净后，最好清蒸，除盐酒外，什么料理都用不着。但也有掺盐菜汁蒸之者，也有用卤虾瓜汁蒸之者，味亦鲜美。我觉得宁波小菜的特色，便是“不失本味”，鱼是鱼，肉是肉，不像广东人、苏州人般，随便炒只什么小菜都要配上七八种帮头，糖啦醋啦料理又放得多，结果吃起来鱼不像鱼，肉不像肉。又，不论肉片、牛肉片、鸡片统统要拌菱粉，吃起来滑腻腻的，哪里还分辨得出什么味道？

说起咸蟹，其实并不咸，在宁波最讲究的咸货店里，它是用一种鲜汁浸过的。从前我曾与苏

① 苏青（1914—1982），作家、剧作家。浙江宁波人，本名冯允庄，是与张爱玲齐名的海派女作家代表人物。

州人同住一宅弄堂房子里，她瞧见我们从故乡带来的抢蟹，便不胜吃惊似的连喊："喂唷！这种咸蟹怎好吃呢？"我也懒得同她解释，但是过了几天，她自己却也买来了两只又瘪又小，又没盖的"蟹扁"，蟹黄淡得如猫屎，肉却是干硬的，其味一定咸而且涩，这种东西，在我们宁波，照例只好给田里做粗活的长工们下饭的。于是我问她："这个你倒吃得来吗？"她理直气壮地答道："是梭子蟹呀，哪能勿好吃呢？"我笑笑对她说："照我们宁波人看来，什么梭子蟹便只好算是抢蟹的第十八代不肖子孙哩。"

闲话休提。以目下季节而论，宁波人该在大吃其笋及豆类了。宁波的毛笋，大的如婴孩般大，烧起来一只笋便够装满一大锅。烧的方法，如油焖笋之类还是比较细气些人家煮的，普通家里常喜欢把笋切好，弃去老根头，然后烧起大铁镬来，先炒盐，盐炒焦了再把笋放下去，一面用镬铲搅，搅了些时锅中便有汤了（因为笋是新鲜的，含有水分多），于是盖好锅盖，文火烧，直待笋干缩了，水分将吸收尽，始行盛行，叫做"盐烤笋"，看起来上面有一层白盐花，但也决不太咸，吃时可以用上好麻油蘸着吃，真是怪可口的。

还有豆，我们都是在自己园子里种的，待它们叠叠结实时，自己动手去摘。渐渐豆儿老了，我们就剥"肉里肉"，把绿玉片似的豆瓣拌米煮饭吃，略为放些盐，又香又软又耐饥。清明上坟的时候，野外多的是“草紫”。草紫花红中夹白，小孩儿们采来扎花球，挂在颈上扮新娘子。我们煮草紫不用油，只须在滚水中一沸便捞起，拌上料理，又嫩又鲜口。上海某菜馆的油煎草头虽很有名，但照我吃起来，总嫌其太腻，不如故乡草紫之名副其实的有菜根香。

假如你是个会喝酒的人，则不妨到镇海去买些青蟹来下酒，倒是顶理想的。青蟹与上海所售的澄湖大蟹比起来，觉得其肉更软更松脆。但蘸着的酱油也很要紧，定海的洛泗油，颜色不太浓而味带鲜，与上海酱油带浑黑色者不可作同日语。我初到上海的时候，见了这种浑浊的酱油就怕，现在虽已用惯了些，但总念念不能全忘故乡常吃的洛泗油之类。海味当中蚶子、圆蛤等都是上海有买的，蛏子则不多见。现在春天里蛏子最肥嫩，可以剥出来拌笋片吃，也可以不拌而光拿蛏子一只只剥壳蘸着酱油来吃。记得我在南京读书的时候，有一次忽然想着要吃此物了，到处去找，好容易给我找到手，烧熟以后，一位湖南同学怪叫起来，说是：“这么硬绷绷的东西怎好吃呀？”及见我剥去了壳，她这才恍然大悟，如法炮制，一尝其味又连呼好吃，吃了十几只，根本不知道要抽出肚肠，夜里便泄泻了。

宁波菜中又有许多是“烤”的，烤肉、烤鸭、烤大头菜，无一不费时费柴火。但工夫烧足的东西毕竟是入口即溶的，不必费咀嚼，故老年人尤爱吃。又宁波人喜欢晒干，如菜干、鱼鲞、芋艿干等，整年吃不完，若有不速之客至，做主妇的要添两道菜倒是很容易的。

红烧鳗与冰糖甲鱼，是我祖父所顶爱吃的食物，我祖母常把它们配好了上等料理，放在火罐里炖上大半天，待拿出来吃时，揭开罐盖便嗅到一阵肉香，仔细瞧时，里面的鳗或甲鱼块正好在沸着起泡呢。

有时候我爸爸回家了，家中如接待贵宾一般，母亲忙着杀鸡啦，做菜啦，餐餐兴奋得紧。但是爸爸吃得很细，四菜一汤只动得一星星，吃时又不肯开口，要盛饭了只轻轻用指在玻璃窗上一弹，母亲原是叫佣妇在窗外等着听好的，可是乡下佣妇蠢，愈小心愈听不见弹指声音，爸爸常赌气不再添饭了，母亲心里很不安。后来她们商量定叫我陪着爸爸吃，我不敢违拗，只好眼观鼻，鼻观心的一口一口扒白饭吃，小菜老实不敢去夹，爸爸有时候狠狠瞪我一眼，我会失手滑落正捧着的饭碗……爸爸想：“这个孩子有病吧，怎么饭只吃得这一点，小菜什么都不想吃。”想着想着，这可想到营养卫生以至于医药治疗方面去了，他缓步踱进厨房，母亲及弟妹佣妇等都是在厨房内吃的——天哪，只见我正猴蹲在饭桌上，用筷夹不起茶叶蛋，改着方式想伸手抓呢。他很不快乐。

我知道爸爸是留学生，有许多外国习惯，但是我很替他可惜，在吃的方面不该太讲究卫生而不注重趣味。我对于吃是保守的，只喜欢宁波式，什么是什么，不失其本味。犹如做文章一般，以为有内容有情感的作品原是不必专靠辞藻，因为新鲜的蔬菜鱼虾原不必多放什么料理的呀！唯有在冰箱里拖出来的鱼尸，以及水浸透的鞭笋，快要腐臭了的种种肉呀之类，才必须靠葱啦姜啦来掩饰，放在油里猛炸，加上浓黑的酱油，终至于做到使人们不能辨出味来为止。这是烹调技术的进步吗？还是食物本质的低劣？

食味杂记

王鲁彦①

如其他的宁波人一般，我们家里每当十一二月间也要做一石左右米的点心，磨几斗糯米的汤果。所谓点心，就是有些地方的年糕，不过在我们那里还包括着形式略异的薄饼、厚饼、元宝等等。汤果则和汤团（有些地方叫做元宵团）完全是一类的东西，所差的是汤果只如钮子那样大小而且没有馅子。点心和汤果做成后，我们几乎天天要煮着当饭吃。我们一家人都非常地喜欢这两种东西，正如其他的宁波人一般。

母亲、姐姐、妹妹和我都喜欢吃咸的东西。我们总是用菜煮点心和汤果。但父亲的口味恰和我们的相反，他喜欢吃甜的东西。我们每年盼望父亲回家过年，只是要煮点心和汤果吃时，父亲若在家里便有点为难了。父亲吃咸的东西正如我们吃甜的东西一般，

① 王鲁彦（1901—1944），乡土小说家。浙江镇海人。曾任中华全国文艺界抗敌协会桂林分会主席，因积劳成疾逝世。

一样的咽不下去。我们两方面都难以迁就。母亲是最要省钱的，到了这时也只有甜的和咸的各煮一锅。照普遍的宁波人的俗例，正月初一必须吃一天甜汤果，因此欢天喜地的元旦在我们是一个磨难的日子，我们常常私自谈起，都有点怪祖宗不该创下这种规例。腻滑滑的甜汤果，我们勉强而又勉强的还吃不下一碗，父亲却能吃三四碗。我们对于父亲的嗜好都觉得奇怪、神秘。“甜的东西是没有一点味的。”我每每对父亲说。

二十几年来，我不仅不喜欢吃甜的东西，而且看见甜的（糖却是例外）还害怕，而至于厌憎。去年珊妹给我的信中有一句“蜜饯一般甜的……”竟忽然引起了我的趣味，觉得甜的滋味中还有令人魂飞的诗意，不能不去探索一下。因此遇到甜的东西，每每捐除了成见，带着几分好奇心情去尝试。直到现在，我的舌头仿佛和以前不同了。它并不觉得甜的没有味，在甜的和咸的东西面前时，它都要吃一点。“甜的东西是没有一点味的”，这句话我现在不说了。

从前在家里，梅还没有成熟的时候，母亲是不许我去买来吃的，因为太酸了。但明买不能，偷买却还做得到。我非常爱吃酸的东西，我觉得梅熟了反而没有味，梅的美味即在未成熟的时候。故乡的杨梅甜中带酸，在果类中算最美味的，我每每吃得牙齿不能吃饭。大概就是因为吃酸的果品吃惯了，近几年来在吃饭的时候，总是想把任何菜浸在醋中吃。有一年在南京，几乎每餐要一二碗醋。不仅浸菜吃，竟喝着下饭了。朋友们都有点惊骇，他们觉得这是一种古怪的嗜好，仿佛背后有神的力一般。但这在我是再平常也没有的事情了。醋是一种美味的东西，绝不是使人害怕的东西，在我觉得。

许多人以为浙江人都不会吃辣椒，这却不对。据我所知，三江一带的地方，出辣椒的很多，会吃辣椒的人也很多。至于宁波，确是不大容易得到辣椒，宁波人除了少数在外地久住的人外，差不多都不会吃辣椒。辣椒在我们那边的乡间只是一种玩赏品。人家多把它种在小小的花盆里，和鸡冠花、满堂红之类排列在一处，欣赏辣椒由青色变成红色。那里的种类很少，大一点的非常不易得到，普通多是一种圆形的像钮子般大小的所谓钮子辣茄（宁波人喊辣椒为辣茄），但这一种也还并不多见。我年幼时不晓得辣椒是可以吃的东西，只晓得它很辣，除了玩赏之外还可以欺侮新娘子或新女婿。谁家的花轿进了门，常常便有许多孩子拿了羊尾巴或辣椒伸手到轿内去，往新娘子的嘴上抹。新女婿第一次到岳家时，年轻的男女常常串通了厨子，暗地里在他的饭内拌一点辣椒，看他辣得皱上眉毛，张着口，胥胥的响着，大家就哄然笑了起来。我自在北方吃惯了辣椒，去年回到家里要买一点吃吃便感到非常的苦恼。好容易从城里买了一篮（据说城里有辣椒出卖还是最近几年的事），味道却如青菜一般一点也不辣。邻居听说我能吃辣椒，都当作一种新闻传说。平常一提到我，总要连带的提到辣椒。他们似乎把我当作一个外地人看待。他们看见我吃辣椒，便要发笑。我从他们眼光中发觉到他们的脑中存着“他是夷狄之邦的人”的意思。

南方人到北方来最怕的是北方人口中的大蒜臭。然而这臭在北方人却是一种极可爱的香气。在南方人闻了要呕，在北方人闻了大概比仁丹还能提神。我以前在北京好几处看见有人在吃茶时从衣袋里摸出一包生大蒜头，也同别人一样地奇怪，一样地害怕。但后来吃了几次，觉得这味道实在比辣椒好得多，吃了大蒜以后还有一种后味和香气久久地留在口中。今年端午节吃粽子，甚至用它拌着吃了。“大蒜是臭的”这句话，从此离开了我的嘴巴。

宁波人腌菜和湖南人不同。湖南人多是把菜晒干了切碎，装入坛里，用草和篾片塞住了坛口，把坛倒竖在一只盛少许清水的小缸里。这样，空气不易进去，坛中的菜放一年两年也不易腐败，只要你常常调换小缸里的清水。宁波人腌菜多是把菜洗净，塞入坛内，撒上盐，倒入水，让它浸着。这样做法，在一礼拜至两月中咸菜的味道确是极其鲜嫩，但日子久了，它就要慢慢地腐败，腐败得臭不堪闻，而至于坛中拥浮着无数的虫。然而宁波人到了这时不但不肯弃掉，反而比才腌的更喜欢吃了。有许多乡下人家的陈咸菜一直吃到新咸菜可吃时还有。这原因除了节钱之外，还有一个原因是为的越臭越好吃。还有一种为宁波人所最喜欢吃的是所谓"臭苋菜股"。这是用苋菜的干腌菜似的做成的。它的腐败比咸菜容易，其臭气也比咸菜来得厉害。他们常常把这种已臭的汤倒一点到未臭的咸菜里去，使这未臭的咸菜也赶快地臭起来。有时煮什么菜，他们也加上一两碗臭汤。有的人闻到了邻居的臭汤气，心里就非常地神往；若是在谁家讨得了一碗，便千谢万谢，如得到了宝贝一般。我在北方住久了，不常吃鱼，去年回到家里一闻到鱼的腥气就要呕吐，惟几年没有吃臭咸菜和臭苋菜股，见了却还一如从前那么地喜欢。在我觉得这种臭气中分明有比芝兰还香的气息，有比肥肉鲜鱼还美的味道。然而和外省人谈话中偶尔提及，他们就要掩鼻而走了，仿佛这臭食物不是人类所该吃的一般。

贰

三餐四季，吃咸看淡

窝头

梁实秋

窝窝头，简称窝头，北方平民较贫苦者的一种主食。贫苦出身者，常被称为啃窝头长大的。一个缩头缩脑满脸穷酸相的人，常被人奚落："瞧他那个窝头脑袋！"变戏法的卖关子，在紧要关头停止表演向围观者讨钱，好多观众便哄然逃散，变戏法的急得跳着脚大叫："快回家去吧，窝头煳啦！"（煳是烧焦的意思）坐人力车如果事前未讲价钱，下车付钱，有些车夫会伸出朝上的手掌，大汗淋漓的喘吁吁地说："请您回回手，再赏几个窝头钱吧！"

总而言之，窝头是穷苦的象征。

到北平观光过的客人，也许在北海仿膳吃过小窝头。请不要误会，那是嚎头，那小窝头只有一寸高的样子，一口可以吃一个。据说那小窝头虽说是玉米面做的，可是羼了栗子粉，所以松软容易下咽。我觉得这是拿穷人开心。

真正的窝头是玉米做的，玉米磨得不够细，粗糙得刺嗓子，所以通常羼黄豆粉或小米面，称之为杂和面。杂和面窝头是比较常见的。制法简单，面和好，抓起一团，翘起右手大拇指伸进面团，然后用其余的九个手指围绕着那个大拇指搓搓捏捏使成为一个中空的塔，所以窝头又名黄金塔。因为捏制时是一个大拇指在内九个手指在外，所以又称“里一外九”。

窝头是要上笼屉蒸的，蒸熟了黄澄澄的，喷香。有人吃一个窝头，要赔上一个酱肘子，让那白汪汪的脂肪陪送窝头下肚。困难在吃窝头的人通常买不起酱肘子，他们经常吃的下饭菜是号称为“棺材板”的大腌萝卜。

据营养学家说，纯粹就经济实惠而言，最值得吃的食物盖无过于窝头。玉米面虽非高蛋白食物，但是纤维素甚为丰富，而且其胚芽玉米糁的营养价值极高，富有维他命B多种，比白米白面不知高出多少。难怪北方的劳苦大众几乎个个长得比较高大粗壮。吃粗粮反倒得福了。杜甫诗“百年粗粝腐儒餐”，现在粗粝已不再仅是腐儒餐了，餍膏粱者也要吃糙粮。

我不是啃窝头长大的，可是我祖父母为了不忘当年贫苦的出身，在后院避风的一个角落里砌了一个一尺多高的大灶，放一只头号的铁锅，春暖花开的时候便烧起柴火，在笼屜里蒸窝头。这一天全家上下的晚饭就是窝头、棺材板、白开水。除了蒸窝头之外，也贴饼子，把和好的玉米粉抓一把弄成舌形的一块，往干锅上贴，加盖烘干，一面焦。再不然就顺便蒸一屜榆钱糕，后院现成的一棵大榆树，新生出一簇簇的榆钱，取下洗净和玉米面拌在一起蒸，蒸熟之后人各一碗，浇上一大勺酱油、麻油汤子拌葱花，别有风味。我当时年纪小，没能懂得其中的意义，只觉得好玩。现在我晓得，大概是相当于美国人感恩节之吃火鸡。我们要感谢上苍赐给穷人像玉米这样的珍品。不过人光吃窝头是不行的，还是需要相当数量的蛋白质和脂肪。

自从宣统年间我祖父母相继去世，直到如今，已有七十多年没尝到窝头的滋味。我不想念窝头，可是窝头的形象却不时的在我心上涌现。我怀念那些啃窝头的人，不知道他们是否仍像从前一样地啃窝头，抑是连窝头都没得啃。前些日子，友人贻我窝头数枚，形色滋味与我所知道的完全相符，大有类似“他乡遇故人”之感。

贫不足耻。贫乃士之常，何况劳苦大众。不过打肿脸充胖子是人之常情，谁也不愿在人前暴露自己的贫穷。贫贱骄人乃是反常的激愤表示，不是常情。原先穷，他承认穷，不承认病，其实就整个社会而言，贫是病。我知道有一人家，主人是小公务员，食指众多，每餐吃窝头，于套间进食，严扃其门户，不使人知。一日，忘记锁门，有熟客来排闼直入，发现全家每人捧着一座金字塔，主客大窘，几至无地自容。这个人家的子弟，个个发愤图强，皆能卓然自立，很快的就脱了窝头的户籍。

北方每到严冬，就有好心的人士发起窝窝头会，是赈济穷人的慈善组织。仁者用心，有足多者。但是嗟来之食，人所难堪，如果窝窝头会，能够改个名称，别在穷人面前提起窝头，岂不更妙？

饺子

梁实秋

“好吃不过饺子，舒服不过倒着。”这是北方乡下的一句俗语。北平城里的人不说这句话。因为北平人过去不说饺子，都说“煮饽饽”，这也许是满洲语。我到了十四岁才知道煮饽饽就是饺子。

北方人，不论贵贱，都以饺子为美食。钟鸣鼎食之家有的是人力财力，吃顿饺子不算一回事。小康之家要吃顿饺子要动员全家老少，和面、擀皮、剁馅、包捏、煮，忙成一团，然而亦趣在其中。年终吃饺子是天经地义，有人胃口特强，能从初一到十五顿顿饺子，乐此不疲。当然连吃两顿就告饶的也不是没有。至于在乡下，吃顿饺子不易，也许要在姑奶奶回娘家时候才能有此豪举。

饺子的成色不同，我吃过最低级的饺子。抗战期间有一年除夕我在陕西宝鸡，餐馆过年全不营业，我踯躅街头，遥见铁路旁边有一草棚，灯火荧然，热气直冒，乃趋就之，竟是一间饺子馆。我叫了二十个韭菜馅饺子，店主还抓了一把带皮的蒜瓣给我，外加一碗热汤。我吃得一头大汗，十分满足。

我也吃过顶精致的一顿饺子。在青岛顺兴楼宴会，最后上了一钵水饺，饺子奇小，长仅寸许，馅子却是黄鱼韭黄，汤是清澈而浓的鸡汤，表面上还漂着少许鸡油。大家已经酒足菜饱，禁不住诱惑，还是给吃得精光，连连叫好。

做饺子第一面皮要好。店肆现成的饺子皮，碱太多，煮出来滑溜溜的，咬起来韧性不足。所以一定要自己和面，软硬合度，而且要多饧一阵子。盖上一块湿布，防干裂。擀皮子不难，久练即熟，中心稍厚，边缘稍薄。包的时候一定要用手指捏紧。有些店里伙计包饺子，用拳头一握就是一个，快则快矣，煮出来一个个的面疙瘩，一无是处。

饺子馅各随所好。有人爱吃荠菜，有人怕吃茴香。有人要薄皮大馅，最好是一兜儿肉，有人愿意多羼青菜（有一位太太应邀吃饺子，咬了一口大叫，主人以为她必是吃到了苍蝇、蟑螂什么的，她说：“怎么，这里面全是菜！”主人大窘）。有人以为猪肉冬瓜馅最好，有人认定羊肉白菜馅为正宗。韭菜馅有人说香，有人说臭，天下之口并不一定同嗜。

冷冻饺子是不得已而为之，还是新鲜的好。据说新发明了一种制造饺子的机器，一贯作业，整治迅速，我尚未见过。我想最好的饺子机器应该是——人。

吃剩下的饺子，冷藏起来，第二天油锅里一炸，炸得焦黄，好吃。

汤包

梁实秋

说起玉华台，这个馆子来头不小，是东堂子胡同杨家的厨子出来经营掌勺。他的手艺高强，名作很多，所做的汤包，是故都的独门绝活。

包子算得什么，何地无之？但是风味各有不同。上海沈大成、北万馨、五芳斋所供应的早点汤包，是令人难忘的一种。包子小，小到只好一口一个，但是每个都包得俏式，小蒸笼里垫着松针（可惜松针时常是用得太久了一些），有卖相。名为汤包，实际上包子里面并没有多少汤汁，倒是外附一碗清汤，表面上浮着七条八条的蛋皮丝，有人把包子丢在汤里再吃，成为名副其实的汤包了。这种小汤包馅子固然不恶，妙处却在包子皮，半发半不发，薄厚适度，制作上颇有技巧，台北也有人仿制上海式的汤包，得其仿佛，已经很难得了。

天津包子也是远近驰名的，尤其是狗不理的字号十分响亮。其实不一定要到狗不理去，搭平津火车一到天津西站就有一群贩卖包子的高举笼屉到车窗前，伸胳膊就可以买几个包子。包子是扁扁的，里面确有比一般为多的汤汁，汤汁中有几块碎肉、葱花。有人到铺子里吃包子，才出笼的，包子里的汤汁曾有烫了脊背的故事，因为包子咬破，汤汁外溢，流到手掌上，一举手乃顺着胳膊流到脊背。不知道是否真有其事，不过天津包子确是汤汁多，吃的时候要小心，不烫到自己的脊背，至少可以溅到同桌食客的脸上。相传的一个笑话：两个不相识的人据一张桌子吃包子，其中一位一口咬下去，包子里的一股汤汁直飙过去，把对面客人喷了个满脸花。肇事的这一位并未觉察，低头猛吃。对面那一位很沉得住气，不动声色。堂倌在一旁看不下去，赶快拧了一个热手巾把送了过去，客徐曰："不忙，他还有两个包子没吃完哩。"

玉华台的汤包才是真正地含着一汪子汤。一笼屉里放七八个包子，连笼屉上桌，热气腾腾，包子底下垫着一块蒸笼布，包子扁扁的塌在蒸笼布上。取食的时候要眼明手快，抓住包子的皱褶处猛然提起，包子皮骤然下坠，像是被婴儿吮瘪了的乳房一样，趁包子没有破裂赶快放进自己的碟中，轻轻咬破包子皮，把其中的汤汁吸饮下肚，然后再吃包子的空皮。没有经验的人，看着笼里的包子，又怕烫手，又怕弄破包子皮，犹犹豫豫，结果大概是皮破汤流，一塌糊涂。有时候堂倌代为抓取。其实吃这种包子，其乐趣一大部分就在那一抓一吸之间。包子皮是烫面的，比烫面饺的面还要稍硬一点，否则包不住汤。那汤原是肉汁冻子，打进肉皮一起煮成的，所以才能凝结成为包子馅。汤里面可以看得见一些碎肉渣子。这样的汤味道不会太好。我不太懂，要喝汤为什么一定要灌在包子里然后再喝。

豆腐

汪曾祺

豆腐点得比较老的，为北豆腐。听说张家口地区有一个堡里的豆腐能用秤钩钩起来，扛着秤杆走几十里路。这是豆腐么？点得较嫩的是南豆腐。再嫩即为豆腐脑。比豆腐脑稍老一点的，有北京的“老豆腐”和四川的豆花。比豆腐脑更嫩的是湖南的水豆腐。

豆腐压紧成型，是豆腐干。

卷在白布层中压成大张的薄片，是豆腐片。东北叫干豆腐。压得紧而且更薄的，南方叫百页或千张。

豆浆锅的表面凝结的一层薄皮撩起晾干，叫豆腐皮，或叫油皮。我的家乡则简单地叫作皮子。

豆腐最简便的吃法是拌。买回来就能拌。或入开水锅略烫，去豆腥气。不可久烫，久烫则豆腐收缩发硬。香椿拌豆腐是拌豆腐里的上上品。嫩香椿头，芽叶未舒，颜色紫赤，嗅之香气扑鼻，入开水稍烫，梗叶转为碧绿，捞出，揉以细盐，候冷，切为碎末，与豆腐同拌（以南豆腐为佳），下香油数滴。一箸入口，三春不忘。香椿头只卖得数日，过此则叶绿梗硬，香气大减。其次是小葱拌豆腐。北京有歇后语："小葱拌豆腐——一青二白。"可见这是北京人家家都吃的小菜。拌豆腐特宜小葱，小葱嫩，香。葱粗如指，以拌豆腐，滋味即减。我和林斤澜在武夷山，住一招待所。斤澜爱吃拌豆腐，招待所每餐皆上拌豆腐一大盘，但与豆腐同拌的是青蒜。青蒜炒回锅肉甚佳，以拌豆腐，配搭不当。北京人有用韭菜花、青椒糊拌豆腐的，这是侉吃法，南方人不敢领教。而南方人吃的松花蛋拌豆腐，北方人也觉得岂有此理。这是一道上海菜，我第一次吃到却是在香港的一家上海饭馆里，是吃阳澄湖大闸蟹之前的一道凉菜。北豆腐、松花蛋切成小骰子块，同拌，无姜汁蒜泥，只少放一点盐而已。好吃么？用上海话说：蛮崭格！用北方话说：旱香瓜——另一个味儿。咸鸭蛋拌豆腐也是南方菜，但必须用敝乡所产"高邮咸蛋"。高邮咸蛋蛋黄色如朱砂，多油，和豆腐拌在一起，红白相间，只是颜色即可使人胃口大开。别处的咸鸭蛋，尤其是北方的，蛋黄色浅，又无油，却不中吃。

烧豆腐大体可分为两大类：用油煎过再加料烧的；不过油煎的。

北豆腐切成厚二分的长方块，热锅温油两面煎。油不必多，因豆腐不吃油。最好用平底锅煎。不要煎得太老，稍结薄壳，表面发皱，即可铲出，是名“虎皮”。用已备好的肥瘦各半熟猪肉，切大片，下锅略煸，加葱、姜、蒜、酱油、绵白糖，兑入原猪肉汤，将豆腐推入，加盖猛火煮二三开，即放小火咕嘟。约十五分钟，收汤，即可装盘。这就是“虎皮豆腐”。如加冬菇、虾米、辣椒及豆豉即是“家乡豆腐”。或加菌油，即是湖南有名的“菌油豆腐”——菌油豆腐也有不用油煎的。

“文思和尚豆腐”是清代扬州有名的素菜，好几本菜谱著录，但我在扬州一带的寺庙和素菜馆的菜单上都没有见到过。不知道文思和尚豆腐是过油煎了的，还是不过油煎的。我无端地觉得是油煎了的，而且无端地觉得是用黄豆芽吊汤，加了上好的口蘑或香蕈、竹笋，用极好秋油，文火熬成。什么时候材料凑手，我将根据想象，试做一次文思和尚豆腐。我的文思和尚豆腐将是素菜荤做，放猪油，放虾籽。

虎皮豆腐切大片，不过油煎的烧豆腐则宜切块，六七分见方。北方小饭铺里肉末烧豆腐，是常备菜。肉末烧豆腐亦称家常豆腐。烧豆腐里的翘楚，是麻婆豆腐。相传有陈婆婆，脸上有几粒麻子，在乡场上摆一个饭摊，挑油的脚夫路过，常到她的饭摊上吃饭，陈婆婆把油桶底下剩的油刮下来，给他们烧豆腐。后来大人先生也特意来吃她烧的豆腐。于是麻婆豆腐名闻遐迩。陈麻婆是个值得纪念的人物，中国烹饪史上应为她大书一笔，因为麻婆豆腐确实很好吃。做麻婆豆腐的要领是：一要油多。二要用牛肉末。我曾做过多次麻婆豆腐，都不是那个味儿，后来才知道我用的是瘦猪肉末。牛肉末不能用猪肉末代替。三是要用郫县豆瓣。豆瓣须剁碎。四是要用文火，俟汤汁渐渐收入豆腐，才起锅。五是起锅时要撒一层川花椒末。一定得用川花椒，即名为“大红袍”者。用山西、河北花椒，味道即差。六是盛出就吃。如果正在喝酒说话，应该把说话的嘴腾出来。麻婆豆腐必须是：麻、辣、烫。

昆明最便宜的小饭铺里有小炒豆腐。猪肉末，肥瘦，豆腐捏碎，同炒，加酱油，起锅时下葱花。这道菜便宜，实惠，好吃。不加酱油而用盐，与番茄同炒，即为番茄炒豆腐。番茄须烫过，撕去皮，炒至成酱，番茄汁渗入豆腐，乃佳。

砂锅豆腐须有好汤，骨头汤或肉汤，小火炖，至豆腐起蜂窝，方好。砂锅鱼头豆腐，用花鲢（即胖头鱼）头，劈为两半，下冬菇、扁尖（腌青笋）、海米，汤清而味厚，非海参鱼翅可及。

“汪豆腐”好像是我的家乡菜。豆腐切成指甲盖大的小薄片，推入虾子酱油汤中，滚几开，勾薄芡，盛大碗中，浇一勺熟猪油，即得。叫作“汪豆腐”，大概因为上面泛着一层油。用勺舀了吃。吃时要小心，不能性急，因为很烫。滚开的豆腐，上面又是滚开的油，吃急了会烫坏舌头。我的家乡人喜欢吃烫的东西，语云：“一烫抵三鲜。”乡下人家来了客，大都做一个汪豆腐应急。周巷汪豆腐很有名。我没有到过周巷，周巷汪豆腐好，我想无非是虾子多，油多。近年高邮新出一道名菜：雪花豆腐，用盐，不用酱油。我想给家乡的厨师出个主意：加入蟹白（雄蟹白的油即蟹的精子），这样雪花豆腐就更名贵了。

不知道为什么，北京的老豆腐现在见不着了，过去卖老豆腐的摊子是很多的。老豆腐其实并不老，老，也许是和豆腐脑相对而言。老豆腐的佐料很简单：芝麻酱、腌韭菜末。爱吃辣的浇一勺青椒糊。坐在街边摊头的矮脚长凳上，要一碗老豆腐，就半斤旋烙的大饼，夹一个薄脆，是一顿好饭。

四川的豆花是很妙的东西，我和几个作家到四川旅游，在乐山吃饭。几位作家都去了大馆子，我和林斤澜钻进一家只有穿草鞋的乡下人光顾的小店，一人要了一碗豆花。豆花只是一碗白汤，啥都没有。豆花用筷子夹出来，蘸“味碟”里的作料吃。味碟里主要是豆瓣。我和斤澜各吃了一碗热腾腾的白米饭，很美。豆花汤里或加切碎的青菜，则为“菜豆花”。北京的豆花庄的豆花乃以鸡汤煨成，过于讲究，不如乡坝头的豆花存其本味。

北京的豆腐脑过去浇羊肉口蘑渣熬成的卤。羊肉是好羊肉，口蘑渣是碎黑片蘑，还要加一勺蒜泥水。现在的卤，羊肉极少，不放口蘑，只是一锅稠糊糊的酱油黏汁而已。即便是过去浇卤的豆腐脑，我觉得也不如我们家乡的豆腐脑。我们那里的豆腐脑温在紫铜扁钵的锅里，用紫铜平勺盛在碗里，加秋油、滴醋、一点点麻油、小虾米、榨菜末、芹菜（药芹即水芹菜）末。清清爽爽，而多滋味。

中国豆腐的做法多矣，不胜记载。四川作家高缨请我们在乐山的山上吃过一次豆腐宴，豆腐十好几样，风味各别，不相雷同。特别是豆腐的质量极好。掌勺的老师傅从磨豆腐到烹制，都是亲自为之，绝不假手旁人。这一顿豆腐宴可称寰中一绝！

豆腐干南北皆有。北京的豆腐干比较有特点的是熏干。熏干切长片拌芹菜，很好。熏干的烟熏味和芹菜的芹菜香相得益彰。花干、苏州干是从南边传过来的，北京原先没有。

北京的苏州干只是用味精取鲜，苏州的小豆腐干是用酱油、糖、冬菇汤煮出后晾得半干的，味长而耐嚼。从苏州上车，买两包小豆腐干，可以一直嚼到郑州。香干亦称茶干。我在小说《茶干》中有较细的描述：

> ……豆腐出净渣，装在一个小蒲包里，包口扎紧，入锅，码好，投料，加上好香油，上面用石头压实，文火煨煮，要煮很长时间。煮得了，再一块一块从蒲包里倒出来，这种茶干是圆形的，周围较厚、中间较薄，周身有蒲包压出来的细纹，……这种茶干外皮是深紫色的，掰了，里面是浅褐色的。很结实，嚼起来很有咬劲，越嚼越香，是佐茶的妙品，所以，叫作“茶干”。

茶干原出界首镇，故称“界首茶干”。据说乾隆南巡，过界首，曾经品尝过。

干丝是淮扬名菜。大方豆腐干，快刀横披为片，刀工好的师傅一块豆腐干能片十六片；再立刀切为细丝。这种豆腐干是特制的，极坚致，切丝不断，又绵软，易吸汤汁。旧本只有拌干丝。干丝入开水略煮，捞出后装高足浅碗，浇麻油酱醋。青蒜切寸段，略焯，五香花生米搓去皮，同拌，尤妙。煮干丝的兴起也就是五六十年的事。干丝母鸡汤煮，加开阳（大虾米），火腿丝。我很留恋拌干丝，因为味道清爽，现在只能吃到煮干丝了。干丝本不是“菜”，只是吃包子烧麦的茶馆里，在上点心之前喝茶时的闲食。现在则是全国各地淮扬菜系的饭馆里都预备了。我在北京常做煮干丝，成了我们家的保留节目。北京很少遇到大白豆腐干，只能用豆腐片或百页切丝代替。口感稍差，味道却不逊色，因为我的煮干丝里下了干贝。煮干丝没有什么诀窍，什么鲜东西都可往里搁。干丝上桌前要放细切的姜丝，要嫩姜。

臭豆腐是中国人的一大发明。我在上海、武汉都吃过。长沙火宫殿的臭豆腐毛泽东年轻时常去吃。后来回长沙，又特意去吃了一次，说了一句话：“火宫殿的臭豆腐还是好吃。”这就成了“最高指示”，写在照壁上。火宫殿的臭豆腐遂成全国第一。油炸臭豆腐干，宜放辣椒酱、青蒜。南京夫子庙的臭豆腐干是小方块，用竹签像冰糖葫芦似的串起来卖，一串八块。昆明的臭豆腐不用油炸，在炭火盆上搁一个铁箅子，臭豆腐干放在上面烤焦，别有风味。

在安徽屯溪吃过霉豆腐，长条豆腐，长了二寸长的白色的绒毛，在平底锅中煎熟，蘸酱油辣椒青蒜吃。凡到屯溪者，都要去尝尝。

豆腐乳各地都有。我在江西进贤参加土改，那里的农民家家都做腐乳。进贤原来很穷，没有什么菜吃，顿顿都用豆腐乳下饭。做豆腐乳，放大量辣椒面，还放柚子皮，味道非常强烈，广西桂林、四川忠县、云南路南所出豆腐乳都很有名，各有特点。腐乳肉是苏州松鹤楼的名菜，肉味浓醇，入口即化。广东点心很多都放豆腐乳，叫作“南乳××饼”。

南方人爱吃百页。百页结烧肉是宁波、上海人家常吃的菜。上海老城隍庙的小吃店里卖百页结：百页包一点肉馅，打成结，煮在汤里，要吃，随时盛一碗。一碗也就是四五只百页结。北方的百页缺韧性，打不成结，一打结就断。百页可入臭卤中腌臭，谓之“臭千张”。

杭州知味观有一道名菜：炸响铃。豆腐皮（如过干，要少润一点水），瘦肉剁成细馅，加葱花细姜末，入盐，把肉馅包在豆腐皮内，成一卷，用刀剁成寸许长的小段，下油锅炸得馅熟皮酥，即可捞出。油温不可太高，太高豆皮易煳。这菜嚼起来发脆响，形略似铃，故名响铃。做法其实并不复杂。肉剁极碎，成泥状（最好用刀背剁），平摊在豆腐皮上，折叠起来，如小钱包大，入油炸，亦佳。不入油炸，而以酱油冬菇汤煮，豆皮层中有汁，甚美。北京东安市场拐角处解放前有一家肉店宝华春，兼卖南味熟肉，卖一种酒菜：豆腐皮切细条，在酱肉汤中煮透，捞出，晾至微干，很好吃，不贵。现在宝华春已经没有了。豆腐皮可做汤。炖酥腰（猪腰炖汤）里放一点豆腐皮，则汤色雪白。

韭菜花

汪曾祺

五代杨凝式是由唐代的颜柳欧褚到宋四家苏黄米蔡之间的一个过渡人物。我很喜欢他的字。尤其是《韭花帖》。不但字写得好，文章也极有风致。文不长，录如下：

昼寝乍兴，朝饥正甚，忽蒙简翰，猥赐盘飧。当一叶报秋之初，乃韭花逞味之始。助其肥羜，实谓珍馐。充腹之余，铭肌载切，谨修状陈谢，伏维鉴察，谨状。

七月十一日凝式状

使我兴奋的是：

一、韭花见于法帖，此为第一次，也许是唯一的一次。此帖即以“韭花”名，且文字完整，全篇可读，读之如今人语，至为亲切。我读书少，觉韭花见之于“文学作品”，这也是头一回。韭菜花这样的虽说极平常，但极有味的东西，是应该出现在文学作品里的。

二、杨凝式是梁、唐、晋、汉、周五朝元老，官至太子太保，是个“高干”，但是收到朋友赠送的一点韭菜花，却是那样的感激，正儿八经地写了一封信（杨凝式多作草书，黄山谷说：“谁知洛阳杨风子，下笔便到乌丝阑。”“韭花帖”却是行楷），这使我们想到这位太保在口味上和老百姓的离脱不大。彼时亲友之间的馈赠，也不过是韭菜花这样的东西。今天，恐怕是不行的了。

三、这韭菜花不知道是怎样做成的，是清炒的，还是腌制的？但是看起来是配着羊肉一起吃的。“助其肥羜”，“羜”是出生五个月的小羊，杨凝式所吃的未必真是五个月的羊羔子，只是因为《诗·小雅·伐木》有“既有肥羜”的成句，就借用了吧。但是以韭花与羊肉同食，却是可以肯定的。北京现在吃涮羊肉，缺不了韭菜花，或以为这办法来自蒙古或西域回族，原来中国五代时已经有了。杨凝式是陕西人，以韭菜花蘸羊肉吃，盖始于中国西北诸省。

北京的韭菜花是腌了后磨碎了的，带汁。除了是吃涮羊肉必不可少的调料外，就这样单独地当咸菜吃也是可以的。熬一锅虾米皮大白菜，佐以一碟韭菜花，或臭豆腐，或卤虾酱，就着窝头、贴饼子，在北京的小家户，就是一顿不错的饭食。从前在科班里学戏，给饭吃，但没有菜，韭菜花、青椒糊、酱油，拿开水在大木桶里一沏，这就是菜。韭菜花很便宜，拿一只空碗，到油盐店去，三分钱、五分钱，售货员就能拿铁勺子舀给你多半勺。现在都改成用玻璃瓶装，不卖零，一瓶要一块多钱，很贵了。

过去有钱的人家自己腌韭菜花，以韭花和沙果、京白梨一同治为碎齑，那就很讲究了。

云南的韭菜花和北方的不一样。昆明韭菜花和曲靖韭菜花不同。昆明韭菜花是用酱腌的，加了很多辣子。曲靖韭菜花是白色的，乃以韭花和切得极细的、风干了的萝卜丝同腌成，很香，味道不很咸而有一股说不出来淡淡的甜味。曲靖韭菜花装在一个浅白色的茶叶筒似的陶罐里。凡到曲靖的，都要带几罐送人。我常以为曲靖韭菜花是中国咸菜里的“神品”。

我的家乡是不懂得把韭菜花腌了来吃的，只是在韭花还是骨朵儿，尚未开放时，连同掐得动的嫩薹，切为寸段，加瘦猪肉，炒了吃，这是“时菜”，过了那几天，菜薹老了，就没法吃了。做虾饼，以爆炒的韭菜骨朵儿衬底，美不可言。

萝卜

陈子展[1]

“萝卜菜上了街，药王菩萨倒招牌。”

这是长沙市上常常可以听到的一句俗语，只要是在菜场上有萝卜菜可卖的时候。我们那里说的萝卜菜，是指萝卜嫩苗，连根带叶吃的。这种菜差不多一年四季都有，只有秋末冬初种的，除了嫩苗以外，茎叶不做菜吃，仅仅吃它的根，根就叫作萝卜。

长沙最有名的萝卜，出在离东门三十里的榔梨市。此地白萝卜又圆又大，皮薄肉细，含水分很多，味是甜的，稍微带辣，可以生吃，只有皮的味最辣，那是不能生吃的。每当秋末冬初，乡下农民把萝卜种子播在田里、山土里，至了残冬腊月，就可以挖萝卜了。通常一个萝卜只有一只饭碗那么大小。“扯个萝卜，只有碗大的眼”，这句乡人俗语常常

①陈子展（1898—1990），文学史家、杂文家。湖南长沙人。复旦大学教授。治学奉行不苟同，不苟异，不溢美，不溢恶，实事求是，无征不信。

比喻小事不足奇怪。“扯过萝卜地土宽”，这也是一句俗语作为稀松了不甚拥挤的比喻。原来萝卜种子虽然撒得稀松，可是萝卜长大了，会要个个相挤。这里的农民每每夸说自己种的萝卜大，或是对外乡人夸说本地的大萝卜，说是曹操八十三万人马下江南，一餐吃不完一只萝卜。可是我在这里住过，只看见十来斤重的萝卜就算顶大的。这种萝卜好吃，价钱却很便宜。我想去年冬天，大约只能卖三四角大洋一担，约合当地双铜元两三千文罢。在从前使用制钱时代，每石萝卜值三百文以上，最低也须三百文，不许还价，所以有“亲戚不亲戚，萝卜三百钱一担”的俗语。

除了“榔梨萝卜”以外，“益阳萝卜”也著名。其实这种萝卜并不一定出在益阳，就是本地出产的，个子虽圆，可是很小，约莫鸭蛋粗细，皮更薄更白，肉更嫩，不过味淡，不甚甜。还有一种白萝卜，生成圆柱形，或者长成头大尾尖的圆锥形，皮厚肉粗，纤维质太硬，不甚好吃，价钱最便宜。人家买了它回去，洗净，切开，晒好，拌盐揉擦，就成了“萝卜干”。倘若再加进一些碎辣椒，腌在一种瓦质的吸水坛里，过六七天就可以吃，藏到几个月，年把，也不会坏。而且味道还很好，这是冬春两季的好菜。《诗经》上说：“我有旨蓄，亦以御冬。”旨蓄就是味道好的干菜。“腌萝卜”“萝卜干”“阴萝卜”“萝卜插菜”，都是我们那里准备过冬的一种好菜哩。

“阴萝卜”的做法，把洗好的萝卜，剖做几块，用小篾丝或用小绳子一串串穿起，挂在当风当太阳的窗前檐下，经过一月两月，风干了，或像腌萝卜一样封在坛子里，或是拌在“腊八豆”里，再过半月一月就好吃了。

“萝卜插菜’虽说是一种便宜货，也可说是一种雅俗共赏的菜，不过雅人偶然拿来换换口味，俗人去用做日常小菜，一年四季都吃，只要他有。这种菜的做法也很简单，把没有老的萝卜菜连根带叶地扯出，晒到两三分干，把它洗好，再晒一个冷干，然后用刀剁碎，腌在大桶大缸里，口子用泥封好，经过半月一月，菜已发酵翻黄，晒干便是。这种菜，做汤吃，炒干吃，饭锅里蒸吃，蒸肉吃，悉听尊便。自然在阔人看来不好吃，贫苦朋友不好吃也得吃的。

用萝卜做的菜，我最爱吃的，只有家常制的“泡萝卜”。湖南人做的“泡菜”，又称“浸菜”，实在比四川泡菜好些，不像四川人欢喜顶酸。还有酱园制的“酱萝卜”更好，“五香萝卜”味道稍差。就是号称云南名产的五香萝卜也不及湖南的酱萝卜鲜嫩香脆，这是我最难忘的乡味里的一种。至于把萝卜、猪肉或鸡肉都切成小方块，拌豆瓣酱炒成的“酱丁”，也算是一种可口的东西，不过萝卜的味道不大显然了。

我在南京读书的时候，早上吃粥，有酱制的白萝卜和胡萝卜做菜，又咸又臭，简直不能下咽。只有一种红皮白肉，小而圆的萝卜，凉拌生吃，鲜甜可口，那倒是我很欢喜的。南京冬秋两季少雨，天气干燥。我初来此地，嘴唇枯涸，皮拆出血，有时还觉喉咙哽痛。一个江北同学劝我吃小贩出卖的绿萝卜，又称“天津萝卜”，我吃了果然好些。不过起头吃它的时候，味道有点儿辣，吃不惯，久而久之非吃不可，辣了更舒服。但从回湖南一直到今，看见这种萝卜不吃，也不发瘾了。

湖南人相信萝卜菜是一种“卫生菜”，吃了百病消除。北方人又相信萝卜可以免喉病，辟煤毒。我不曾读过中国旧医书，不知道本草一类的书上说过萝卜有什么效用。也不曾研究食物化学，对于萝卜做过化学分析，晓得它的成分怎样。我只知道用萝卜解决炭烟气的毒，这个发明是很古的。记得是在元好问的《续夷坚志》里有一个这样的故事：

说是某年冬季，某地有一个石窑，有许多人民逃躲兵灾，藏居里面。后来被乱兵知道了，攻打这座石窑，窑里四五百人通通被烟火熏死。其中有一个老头子从意识迷迷蒙蒙里，摸得一只生萝卜，因为气闷口渴难过，放在口里吃了，刚好把萝卜吃完，人就清醒起来了。他又拿只萝卜给老兄，老兄也活了，再拿许多萝卜给那些同难的人，因此四五百人都活了转来。元老先生还说到北方每每有因炭烟熏死的，但在临睡之前，削萝卜一片投在火里，烟气就不会毒人。又说，倘怕临时找不到生萝卜，预先把萝卜晒干，研成末子，也可投急。

可见萝卜这东西虽然很平凡，使用得当，却可以救人性命，何况它差不多成了平民必需的日常食品呢！

世上果有爱吃萝卜，当做卫生菜的么？我以为总比吃些于人无补的国药党参之类要好。

记腊八粥

周绍良[1]

在农历腊月里，全国各地都有吃“腊八粥”这一习惯，几乎可以说是全民的风俗。到现在在北京，一逢进了农历腊月，各粮食店就开始供应各种豆米混合在一起的粥食，称为“粥米”。腊八粥的起源始于佛教徒，在腊月初八佛成道日这天，寺庙里僧众把斋粮煮成粥来供佛。斋粮是募化来的，各方施舍包括各种米粮杂豆，所以煮起来就混在一起，于是流传到民间，也效仿这个样子。

为什么这天供佛一定要用粥？其故事是这样，据萧梁时僧祐撰《释迦谱·卷一》载：

尔时太子（即佛）心自念言：“我今日食一麻一米，乃至七日食一麻米，身形消瘦，有若枯木。修于苦行，垂满六年，不得解脱，故知非道。”……时彼林外，有一牧牛女人，名难陀波

①周绍良（1917—2005），红学家、敦煌学家、文史学家、文物收藏专家。喜好书籍和碑帖拓片，所藏之宝世所罕见。

> 罗。时净居天，来下劝言：“太子今者在于林中，汝可供养。”女人闻已，心大欢喜。于时地中，自然而生千叶莲花，上有乳糜。女人见此，生奇特心，自取乳糜至太子所，头面礼足而以奉上。……太子即复作如是言：“我为成熟一切众生，故受此食。”咒愿讫已，即受食之，身体光悦，气力充足，堪受菩提。
>
> ——《因果经》

“糜”就是粥，僧徒们为什么要烧粥供佛，这是师法牧牛女人用乳糜供佛的故事。但这是由中国僧徒创始的呢，还是沿袭来自印度？这就无从考证了。根据中国记载，最早是宋代，见宋孟元老《东京梦华录 · 卷十》“十二月”条：

> 十二月……初八日，街巷中有僧尼三五人作队念佛，以银铜沙罗或好盆器，坐一金铜或木佛像，浸以香水，杨枝洒浴，排门教化。诸大寺作浴佛会，并送七宝五味粥与门徒，谓之“腊八粥”。都人是日各家亦以果子杂料煮粥而食也。

可见腊八粥在宋代已经普遍流行，所以其起源当更早。

至于俗谓“腊八粥”就是“七宝五味粥”，只说是用“果子杂料煮粥”，但内容究竟是一些什么?《东京梦华录》中并没有说清楚，周密《武林旧事·卷三》上却记得很明白:

八日，则寺院及人家用胡桃、松子、乳蕈、柿、栗之类作粥，谓之“腊八粥”。

当然这些东西混在一起并不能煮成粥，主要用料米却没有写进去。但可见这腊八粥是相当精细的。

元代人吃腊八粥的记载还没有找到，不过可以相信也大致差不多。传到明代，据明刘若愚《明宫史·火集》“十二月”条:

初八日，吃腊八粥，先期数日，将红枣捶破泡汤，至初八日，加粳米、白果、核桃仁、栗子、菱米煮粥，供佛圣前，户牖、园树、井灶之上，各分布之。举家皆吃，或亦互相馈送，夸精美也。

《明宫史》所记虽宫廷内部情况，不单“供佛圣前”，连“户牖、园树、井灶之上，各分布之”。记得幼年时，曾见乡间老太太用腊八粥抹在自己家里的梨树、枣树的树杈上，嘱愿它来年多结果子，也把腊八粥抹在灶门口上，这大概是给灶王爷吃的。这也说明从明代至今在民间习俗上，大致相关无几。清代情形，见清富察敦崇《燕京岁时记》“腊八粥”条：

> “腊八粥”者，用黄米、白米、江米、小米、菱角米、栗子、去皮枣泥等，和水煮熟，外用染红桃仁、杏仁、瓜子、花生、榛穰、松子及白糖、琐琐葡萄以作点染。

这比《明宫史》所叙又加一些品种，但总的仍是宋周密《武林旧事》说的范围。所以从历史看，吃腊八粥这一习惯，历宋、元、明、清迄今而未变，真可算是传统习惯了。

我也吃过不少人家的腊八粥，自己家里也煮腊八粥，总不外用各种杂豆和大米、小米混起来煮之而已。不过老太太总是考究一点，算一算所用原料是不是已经够了八样，这样才够标准。

只有一次，却是一位朋友约我去他家吃腊八粥，他说只有他的做法，才够得上《东京梦华录》上的“七宝五味粥”，也才配称“腊八粥”。后来吃了，的确是花了一些功夫，据说他煮这粥，就花了两天时间。他用了菱米、栗子、白果、莲子、杏仁、红枣、桂圆肉，这是七宝；加上白豆、绿豆、赤豆、芸豆、扁豆这算五味；更用江米、粳米、小米、薏仁米、高粱、大麦仁、芡实（鸡头米）以符腊“八”之意。有些不同火候的豆米，都得分别下锅，最后总和而煮成一大锅腊八粥，调以糖水而成。这真是腊八粥中第一品了。可是收集这些东西，如果不是有心人，随时收集起来，临时是怎么样也找不齐的。

当然，民间一般吃腊八粥只是风俗习惯，谁还想它是来源佛教，有的地方，只认为吃了腊八粥，也就是说春节将临，农事已完，带有庆丰收的意思。江苏有的地方，用白果、花生、莲子、红枣、板栗诸般果实，和上姜桂调味品，掺在米中煮成，谓其温暖滋补，可以祛寒。扬州地方，在腊八这天，除了烧煮甜腊八粥外，还有用青菜、胡萝卜、豆腐、雪里蕻、黄花、木耳切丝炒熟，和于白米煮成了的粥中，谓之咸腊八粥。

腊八粥只是一味食品，细究之，它关系到宗教学、民俗学、社会学等学科，并不简单。孤立起来看，是没有什么可谈的。

羊肝饼

周作人[1]

有一件东西，是本国出产的，被运往外国经过四五百年之久，又运了回来，却换了别一个面貌了。这在一切东西都是如此，但在吃食有偏好关系的物事，尤其显著，如有名茶点的“羊羹”，便是最好的一例。

“羊羹”这名称不见经传，一直到近时北京仿制，才出现市面上。这并不是羊肉什么做的羹，乃是一种净素的食品，系用小豆做成细馅，加糖精制而成，凝结成块，切作长物，所以实事求是，理应叫作“豆沙糖”才是正办。但是这在日本（因为这原是日本仿制的食品）一直是这样写，他们也觉得费解，加以说明，最近理的一种说法是，这种豆沙糖在中国本来叫作羊肝饼，因为饼的颜色相像，传到日本，不知因何传讹，称为羊羹了。虽然在中国查不出羊肝饼的

[1] 周作人（1885—1967），散文家、文艺理论家、翻译家，新文化运动代表人物之一，中国民俗学开拓者。鲁迅之弟。散文风格清隽幽雅。

故典，未免缺恨，不过唐朝时代的点心有哪几种，至今也实难以查清，所以最好承认，算是合理的说明了。

传授中国学问技术去日本的人，是日本的留学僧人，他们于学术之外，还把些吃食东西传过去。羊肝饼便是这些和尚带回去的食品，在公历十五六世纪“茶道”发达时代，便开始作为茶点而流行起来。在日本文化上有一种特色，便是“简单”，在一样东西上精益求精地干下来，在吃食上也有此风，于是便有一家专做羊肝饼（羊羹）的店，正如做昆布（海带）的也有专门店一样。结果是“羊羹”大大的有名，有纯粹豆沙的，这是正宗；也有加栗子的，或用柿子做的，那是旁门，不足重了。现在说起日本茶食，总第一要提出“羊羹”，不知它的祖宗是在中国，不过一时无可查考罢了。

近时在中国市场上，又查着羊肝饼的子孙，仍旧叫作“羊羹”，可是已经面目全非——因为它已加入西洋点心的队伍里去了。它脱去了“简单”的特别衣服，换上了时髦装束，做成“奶油”“香草”，各种果品的种类。我希望它至少还保留一种，有小豆的清香的纯豆沙的羊羹，熬得久一点，可以经久不变，却不可复得了。倒是做冰棍（上海叫棒冰）的在各式花样之中，有一种小豆的，用豆沙做成，很有点羊肝饼的意思，觉得是颇可吃得，何不利用它去制成一种可口的吃食呢？

咬菜根

朱湘①

“咬得菜根，百事可做”，这句谚语，便是我们祖先留传下来，教我们不要怕吃苦的意思。

还记得少年的时候，立志要做一个轰轰烈烈的英雄，当时不知在那本书内发现了这句格言，于是拿起案头的笔，将它恭楷抄出，粘在书桌右方的墙上，并且在胸中下了十二分的决心，在中饭时候，一定要牺牲别样的菜不吃，而专咬菜根。上桌之后，果然战退了肉丝焦炒香干的诱惑，致全力于青菜汤的碗里搜求菜根。找到之后，一面着力地咬，一面又在心中决定，将来做了英雄的时候，一定要叫老唐妈特别为我一人炒一大盘肉丝香干摆上得胜之筵。

萝卜当然也是一种菜根。有一个新鲜的早晨，在卖菜的吆喝声中，起身披衣出房，看见桌上放着一碗雪白的热气腾腾的粥，粥碗前是一盘

①朱湘（1904—1933），诗人，『清华四子』之一。诗风宁静柔美，被誉为『中国济慈』。后投水自尽。

腌菜，有长条的青黄色的豇豆，有灯笼形的通红的辣椒，还有萝卜，米白色而圆滑，有如一些煮熟了的鸡蛋。这与范文正的淡黄齑差得多远！我相信那个说咬得菜根，百事可做的老祖宗，要是看见了这样的一顿早饭，决定会摇他那白发之头的。

还有一种菜根，白薯。但是白薯并不难咬，我看我们的那班能吃苦的祖先，如果由奈河桥或是望乡台在过年过节的时候回家，我们决不可供些什么煮得木头般硬的鸡或是浑身有刺的鱼。因为他们老人家的牙齿都掉完了，一定领略不了我们这班后人的孝心；我们不如供上一盘最容易咬的食品：煮白薯。

如果咬菜根能算得艰苦卓绝，那我简直可以算得艰苦卓绝中最艰苦卓绝的人了。因为我不单能咬白薯，并且能咬这白薯的皮。给我一个刚出灶的烤白薯，我是百事可做的；甚至叫我将那金子一般黄的肉通通让给你，我都做得到。惟独有一件事，我却不肯做，那就是把烤白薯的皮也让给你；它是全个烤白薯的精华，又香又脆，正如那张红皮，是全个红烧肘子的精华一样。

山药、茨菇，也是菜根。但是你如果拿它们来给我咬，我并不拒绝。

我并非一个主张素食的人，但是却不反对咬菜根。据西方的植物学者的调查，中国人吃的菜蔬有六百种，比他们多六倍。我宁可这六百种的菜根，种种都咬到，都不肯咬一咬那名扬四海的猪尾，或是那摇来乞怜的狗尾，或是那长了疮脓血也不多的耗子尾巴。

叁

松花酿酒，春水煎茶

沙坪的美酒

丰子恺

胜利快来到了。逃难的辛劳渐渐忘却了。我辞去教职，恢复了战前的闲居生活。住在重庆郊外的沙坪坝庙湾特五号自造的抗建式小屋中的数年间，晚酌是每日的一件乐事，是白天笔耕的一种慰劳。

我不喜吃白酒，味近白酒的白兰地，我也不要吃。巴拿马赛会得奖的贵州茅台酒，我也不要吃。总之，凡白酒之类的，含有多量酒精的酒，我都不要吃。所以我逃难中住在广西贵州的几年，差不多戒酒。因为广西的山花、贵州的茅台，均含有多量酒精，无论本地人说得怎样好，我都不要吃。

由贵州茅台酒的产地遵义迁居到重庆沙坪坝之后，我开始恢复晚酌，酌的是“渝酒”，即重庆人仿造的黄酒。

富有风趣的一位朋友讥笑我说：“你不吃白酒，而爱吃黄酒，我知道你的意思了：吃白酒是不出钱的，揩别人的油。你不用人间造孽钱，笔耕墨稼，自食其力，所以讨厌白酒两字。黄酒是你们故乡的特产，你身窜异地，心念故乡，所以爱吃黄酒。对不对？”我说：“其然，岂其然欤？”这朋友的话颇有诗意，然而并没有猜中我不爱白酒爱黄酒的原因。揩别人的油，原是我所不欲的；然而吃酒揩油，我觉得比其他的揩油好些。古人诗云：“三杯不记主人谁。”吃酒是兴味的，是无条件的，是艺术的。既然共饮，就不必斤斤计较酒的所有权；吝情去留，反而煞风景，反而有伤生活的诗趣。我倒并不绝对不吃“白酒”（不出钱的酒）。至于为了怀乡而吃黄酒，也大可不必。我住在大后方各省各地的时候，天天嘴上所说的是家乡土白。若要怀乡，这已尽够，不必再用吃黄酒来表示了。

我所以不喜白酒而喜黄酒，原因很简单：就为了白酒容易醉，而黄酒不易醉。“吃酒图醉，放债图利”，这种功利的吃酒，实在不合于吃酒的本旨。吃饭，吃药，是功利的。吃饭求饱，吃药求愈，是对的。但吃酒这件事，性状就完全不同。吃酒是为兴味，为享乐，不是求其速醉。譬如二三人情投意合，促膝谈心，倘添上各人一杯黄酒在手，话兴一定更浓。吃到三杯，心窗洞开，真情挚语，娓娓而来。古人所谓“酒三味”，即在于此。但决不可吃醉，醉了，胡言乱道，诽谤唾骂，甚至呕吐，打架。那真是不会吃酒，违背吃酒的本旨了。所以吃酒决不是图醉。所以容易醉人的酒决不是好酒。巴拿马赛会的评判员倘换了我，一定把一等奖给绍兴黄酒。

沙坪的酒，当然远不及杭州上海的绍兴酒。然而“使人醺醺而不醉”，这重要条件是具足了的。人家都讲究好酒，我却不大关心。有的朋友把从上海坐飞机来的真正“陈绍”送我。其酒固然比沙坪的酒气味清香些，上口舒适些；但其效果也不过是“醺醺而不醉”。在抗战期间，请绍酒坐飞机，与请洋狗坐飞机有相似的意义。这意义所给人的不快，早已抵销了其气味的清香与上口的舒适了。我与其吃这种绍酒，宁愿吃沙坪的渝酒。

“醉翁之意不在酒”，这真是善于吃酒的人说的至理名言。我抗战期间在沙坪小屋中的晚酌，正是“意不在酒”。我借饮酒作为一天的慰劳，又作为家庭聚会的一种助兴品，在我看来，晚餐是一天的大团圆。我的工作完毕了；读书的、办公的孩子们都回来了；家离市远，访客不再光临了；下文是休息和睡眠，时间尽可从容了。若是这大团圆的晚餐只有饭菜而没有酒，则不能延长时间，匆匆地把肚皮吃饱就散场，未免太功利的，太少兴趣。况且我的吃饭，从小养成一种快速习惯，要慢也慢不来。有的朋友吃一餐饭能消磨一两小时，我不相信他们如何吃法。在我，吃一餐饭至多只花十分钟。这是我小时从李叔同先生学钢琴时养成的习惯。那时我在师范学校读书，只有吃午饭（十二点）后到一点钟上课的时间，和吃夜饭（六点）后到七点钟上自修的时间，是教弹琴的时间。我十二点吃午饭，十二点一刻须得到弹琴室；六点钟吃夜饭，六点一刻须得到弹琴室。吃饭，洗碗，洗面，都要在十五分钟内了结。这样的数年，使我养成了快吃的习惯。后来虽无快吃的必要，但我仍是非快不可。这就好比反刍类的牛，野生时代因为怕狮虎侵害而匆匆吞入胃内，急忙回到洞内，再吐出来细细地咀嚼，养成了反刍的习惯；做了家畜以后，虽无快吃的必要，但它仍是要反刍。如果有人劝我慢慢吃，在我是一件苦事。因为慢吃违背了惯性，很不自然，很不舒服。一天的大团圆的晚餐，倘使我以十分钟了事，岂不太草草了？所以我的晚酌，意不在酒，是要借饮酒来延长晚餐的时间，增加晚餐的兴味。

沙坪的晚酌，回想起来颇有兴味。那时我的儿女五人，正在大学或专科或高中求学，晚上回家，报告学校的事情，讨论学业的问题。他们的身体在我的晚酌中渐渐高大起来。我在晚酌中看他们升级，看他们毕业，看他们任职。就差一个没有看他们结婚。在晚酌中看成群的儿女长大成人，照一般的人生观说来是“福气”，照我的人生观说来只是“兴味”。这好比饮酒赏春，眼看花草树木，欣欣向荣；自然的美，造物的用意，神的恩宠，我在晚酌中历历地感到了。陶渊明诗云：“试酌百情远，重觞忽忘天。”我在晚酌三杯以后，便能体会这两句诗的真味。我曾改古人诗云：“满眼儿孙身外事，闲将美酒对银灯。”因为沙坪小屋的电灯特别明亮。

还有一种兴味，却是千载一遇的：我在沙坪小屋的晚酌中，眼看抗战局势的好转。我们白天各自看报，晚餐桌上大家报告讨论。我在晚酌中眼看东京的大轰炸，墨索里尼的被杀，德国的败亡，独山的收复，直到波茨坦宣言的发出，八月十日夜日本的无条件投降。我的酒味越吃越美。我的酒量越吃越大，从每晚八两增加到一斤。大家说我们的胜利是有史以来的一大奇迹。我更觉得奇怪。我的胜利的欢喜，是在沙坪小屋晚上吃酒吃出来的！所以我确认，世间的美酒，无过于沙坪坝的四川人仿造的渝酒。我有生以来，从未吃过那样的美酒。即如现在，我已“胜利复员，荣归故乡”；故乡的真正陈绍，比沙坪坝的渝酒好到不可比拟。我也照旧每天晚酌；然而味道远不及沙坪的渝酒。因为晚酌的下酒物，不是物价狂涨，便是盗贼蜂起；不是贪污舞弊，便是横暴压迫。沙坪小屋中的晚酌的那种兴味，现在已经不可复得了！唉，我很想回重庆去，再到沙坪小屋里去吃那种美酒。

饮酒

梁实秋

酒实在是妙。几杯落肚之后就会觉得飘飘然、醺醺然。平素道貌岸然的人，也会绽出笑脸；一向沉默寡言的人，也会议论风生。再灌下几杯之后，所有的苦闷烦恼全都忘了，酒酣耳热，只觉得意气飞扬，不可一世，若不及时知止，可就难免玉山颓欹，剔吐纵横，甚至撒疯骂座，以及种种的酒失酒过全部的呈现出来。莎士比亚的《暴风雨》里的卡力班，那个象征原始人的怪物，初尝酒味，觉得妙不可言，以为把酒给他喝的那个人是自天而降，以为酒是甘露琼浆，不是人间所有物。美洲印第安人初与白人接触，就是被酒所倾倒，往往不惜举土地界人以换一些酒浆。印第安人的衰灭，至少一部分是由于他们的荒腆于酒。

我们中国人饮酒，历史久远。发明酒者，一说是仪狄，又说是杜康。仪狄夏朝人，杜康周朝人，相距很远，总之是无可稽考。也许制酿的原料不同、方法不同，所以仪逖的酒未必就是杜康的酒。《尚书》有《酒诰》之篇，谆谆以酒为戒，一再的说“祀兹酒”（停止这样的喝酒），“无彝酒”（勿常饮酒），想见古人饮酒早已相习成风，而且到了“大乱丧德”的地步。三代以上的事多不可考，不过从汉起就有酒榷之说，以后各代因之，都是课税以裕国帑，并没有寓禁于征的意思。酒很难禁绝，美国一九二〇年起实施酒禁，雷厉风行，依然到处都有酒喝。当时笔者道出纽约，有一天友人邀我食于某中国餐馆，入门直趋后室，索五加皮，开怀畅饮。忽警察闯入，友人止予勿惊。这位警察徐徐就座，解手枪，锵然置于桌上，索五加皮独酌，不久即伏案酣睡。一九三三年酒禁废，直如一场儿戏。民之所好，非政令所能强制。在我们中国，汉萧何造律：“三人以上无故群饮，罚金四两。”此律不曾彻底实行。事实上，酒楼妓馆处处笙歌，无时不飞觞醉月。文人雅士水边修禊，山上登高，一向离不开酒。名士风流，以为持螯把酒，便足了一生，甚至于酣饮无度，扬言“死便埋我”，好像大量饮酒不是什么不很体面的事，真所谓“酗于酒德”。

对于酒，我有过多年的体验。第一次醉是在六岁的时候，侍先君饭于致美斋（北平煤市街路西）楼上雅座，窗外有一棵不知名的大叶树，随时簌簌作响。连喝几盅之后，微有醉意，先君禁我再喝，我一声不响站立在椅子上舀了一匙高汤，泼在他的一件两截衫上。随后我就倒在旁边的小木炕上呼呼大睡，回家之后才醒。我的父母都喜欢酒，所以我一直都有喝酒的机会。“酒有别肠，不必长大”，语见《十国春秋》，意思是说酒量的大小与身体的大小不必成正比例，壮健者未必能饮，瘦小者也许能鲸吸。我小时候就是瘦弱如一根绿豆芽。酒量是可以慢慢磨练出来的，不过有其极限。我的酒量不大，我也没有亲见过一般人所艳称的那种所谓海量。古代传说“文王饮酒千钟，孔子百觚”，王充《论衡·语增篇》就大加驳斥，他说：“文王之身如防风之君，孔子之体如长狄之人，乃能堪之。”且“文王孔子率礼之人也”，何至于醉酗乱身？就我孤陋的见闻所及，无论是“青州从事”或“平原督邮”，大抵白酒一斤或黄酒三五斤即足以令任何人头昏目眩、粘牙倒齿。惟酒无量，以不及于乱为度，看各人自制力如何耳。不为酒困，便是高手。

酒不能解忧，只是令人在由兴奋到麻醉的过程中暂时忘怀一切。即刘伶所谓“无思无虑，其乐陶陶”。可是酒醒之后，所谓“忧心如醒”，那份病酒的滋味很不好受，所付代价也不算小。我在青岛居住的时候，那地方背山面海，风景如绘，在很多人心目中是最理想的卜居之所，唯一缺憾是很少文化背景，没有古迹耐人寻味，也没有适当的娱乐。看山观海，久了也会腻烦，于是呼朋聚饮，三日一小饮，五日一大宴，豁拳行令，三十斤花雕一坛，一夕而罄。七名酒徒加上一位女史，正好八仙之数，乃自命为酒中八仙。有时且结伙远征，近则济南，远则南京、北京，不自谦抑，狂言“酒压胶济一带，拳打南北二京”，高自期许，俨然豪气干云的样子。当时作践了身体，这笔账日后要算。一日，胡适之先生过青岛小憩，在宴席上看到八仙过海的盛况大吃一惊，急忙取出他太太给他的一个金戒指，上面镌有“戒”字，戴在手上，表示免战。过后不久，胡先生就写信给我说：“看你们喝酒的样子，就知道青岛不宜久居，还是到北京来吧！”我就到北京去了。现在回想当年酗酒，哪里算得是勇，简直是狂。

酒能削弱人的自制力，所以有人酒后狂笑不置，也有人痛哭不已，更有人口吐洋语滔滔不绝，也许会把平素不敢告人之事吐露一二，甚至把别人的阴私也当众抖露出来。最令人难堪的是强人饮酒，或单挑，或围剿，或投下井之石，千方万计要把别人灌醉，有人诉诸武力，捏着人家的鼻子灌酒！这也许是人类长久压抑下的一部分兽性之发泄，企图获取胜利的满足，比拿起石棒给人迎头一击要文明一些而已。那咄咄逼人的声嘶力竭的豁拳，在赢拳的时候，那一声拖长了的绝叫，也是表示内心的一种满足。在别处得不到满足，就让他们在聚饮的时候如愿以偿吧！只是这种闹饮，以在有隔音设备的房间里举行为宜，免得侵扰他人。

《菜根谭》所谓“花看半开，酒饮微醺”的趣味，才是最令人低徊的境界。

谈酒

周作人

这个年头儿，喝酒倒是很有意思的。我虽是京兆人，却生长在东南的海边，是出产酒的有名地方。我的舅父和姑父家里时常做几缸自用的酒，但我终于不知道酒是怎么做法，只觉得所用的大约是糯米，因为儿歌里说，“老酒糯米做，吃得变nionio”——末一字是本地叫猪的俗语。做酒的方法与器具似乎都很简单，只有煮的时候的手法极不容易，非有经验的工人不办，平常做酒的人家大抵聘请一个人来，俗称“酒头工”，以自己不能喝酒者为最上，叫他专管鉴定煮酒的时节。有一个远房亲戚，我们叫他“七斤公公”——他是我舅父的族叔，但是在他家里做短工，所以舅母只叫他作“七斤老”，有时也听见她叫“老七斤”，是这样的酒头工，每年去帮人家做酒；他喜吸旱烟，说玩话，打麻将，但是不大喝酒（海边的人喝一两碗是不算能喝，照市价计算也不值十文钱的酒），所以生意很好，时常跑一二百里路被招到诸暨嵊县去。据他说这实在并不难，只须走到缸边屈着身听，听见里边起泡的声音切切察察的，好像是螃蟹吐沫（儿童称为蟹煮饭）的样子，便拿来煮就得了；早一点酒还未成，迟一点就变酸了。但是怎么是恰好的时期，别人仍不能知道，只有听熟的耳朵才能够断定，正如骨董[①]家的眼睛辨别古物一样。

大人家饮酒多用酒盅，以表示其斯文，实在是不对的。正当的喝法是用一种酒碗，浅而大，底有高足，可以说是古已有之的香槟杯。平常起码总是两碗，合一“串筒”，价值似是六文一碗。串筒略如倒写的凸字，上下部如一与三之比，以洋铁为之，无盖无嘴，可倒而不可筛，据好酒家说酒以倒为正宗，筛出来的不大好吃。唯酒保好于量酒之前先“荡”（置水于器内，摇荡而洗涤之谓）串筒，荡后往往将清水之一部分留在筒内，客嫌酒淡，常起争执，故喝酒老手必先戒堂倌以勿荡串筒，并监视其量好放在温酒架上。能饮者多索竹叶青，通称曰“本色”，“元红”系状元红之略，则着色者，唯外行人喜饮之。在外省有所谓花雕者，唯本地酒店中却没有这样东西。相传昔时人家生女，则酿酒贮花雕（一种有花纹的酒坛）中，至女儿出嫁时用以饷客，但此风今已不存，嫁女时偶用花雕，也只临时买元红充数，饮者不以为珍品。有些喝酒的人预备家

①古董的旧称。

酿，却有极好的，每年做醇酒若干坛，按次第埋园中，二十年后掘取，即每岁皆得饮二十年陈的老酒了。此种陈酒例不发售，故无处可买，我只有一回在旧日业师家里喝过这样好酒，至今还不曾忘记。

我既是酒乡的一个土著，又这样的喜欢谈酒，好像一定是个与“三酉”结不解缘的酒徒了。其实却大不然。我的父亲是很能喝酒的，我不知道他可以喝多少，只记得他每晚用花生米、水果等下酒，且喝且谈天，至少要花费两点钟，恐怕所喝的酒一定很不少了。但我却是不肖，不，或者可以说有志未逮，因为我很喜欢喝酒而不会喝，所以每逢酒宴我总是第一个醉与脸红的。自从辛酉患病后，医生叫我喝酒以代药饵，定量是勃兰地每回二十格阑姆，葡萄酒与老酒等倍之，六年以后酒量一点没有进步，到现在只要喝下一百格阑姆的花雕，便立刻变成关夫子了。（以前大家笑谈称作“赤化”，此刻自然应当谨慎，虽然是说笑话。）有些有不醉之量的，愈饮愈是脸白的朋友，我觉得非常可以歆羡，只可惜他们愈能喝酒便愈不肯喝酒，好像是美人之不肯显示她的颜色，这实在是太不应该了。

黄酒比较的便宜一点，所以觉得时常可以买喝，其实别的酒也未尝不好。白干于我未免过凶一点，我喝了常怕口腔内要起泡，山西的汾酒与北京的莲花白虽然可喝少许，也总觉得不很和善。日本的清酒我颇喜欢，只是仿佛新酒模样，味道不很静定。蒲桃酒与橙皮酒都很可口，但我以为最好的还是勃兰地。我觉得西洋人不很能够了解茶的趣味，至于酒则很有工夫，决不下于中国。天天喝洋酒当然是一个大的漏卮，正如吸烟卷一般，但不必一定进国货党，咬定牙根要抽净丝，随便喝一点什么酒其实都是无所不可的，至少是我个人这样的想。

喝酒的趣味在什么地方？这个我恐怕有点说不明白。有人说，酒的乐趣是在醉后的陶然的境界。但我不很了解这个境界是怎样的，因为我自饮酒以来似乎不大陶然过，不知怎的我的醉大抵都只是生理的，而不是精神的陶醉。所以照我说来，酒的趣味只是在饮的时候，我想悦乐大抵在做的这一刹那，倘若说是陶然那也当是杯在口的一刻罢。醉了，困倦了，或者应当休息一会儿，也是很安舒的，却未必能说酒的真趣是在此间。昏迷，梦魇，呓语，或是忘却现世忧患之一法门；其实这也是有限的，倒还不如把宇宙性命都投在一口美酒里的耽溺之力还要强大。我喝着酒，一面也怀着“杞天之虑”，生恐强硬的礼教反动之后将引起颓废的风气，结果是借醇酒妇人以避礼教的迫害，沙宁（Sanin）时代的出现不是不可能的。但是，或者在中国什么运动都未必彻底成功，青年的反拨力也未必怎么强盛，那么杞天终于只是杞天，仍旧能够让我们喝一口非耽溺的酒也未可知。倘若如此，那时喝酒又一定另外觉得很有意思了罢?

吃茶

周作人

前回徐志摩先生在平民中学讲“吃茶”，——并不是胡适之先生所说的“吃讲茶”，——我没有工夫去听，又可惜没有见到他精心结构的讲稿，但我推想他是在讲日本的“茶道”（英文译作teaism），而且一定说的很好。茶道的意思，用平凡的话来说，可以称作“忙里偷闲，苦中作乐”，在不完全的现世享乐一点美与和谐，在刹那间体会永久，在日本之“象征的文化”里的一种代表艺术。关于这一件事，徐先生一定已有透彻巧妙的解说，不必再来多嘴，我现在所想说的，只是我个人的很平常的喝茶罢了。

喝茶以绿茶为正宗。红茶已经没有什么意味，何况又加糖与牛奶？葛辛（George Gissing）的《草堂随笔》（*The Private Papers of Henry Ryecroft*）确是很有趣味的书，但“冬之卷”里说及饮茶，以为英国家庭里下午的红茶与黄油面包是一日中最大的乐事，中国饮茶已历千百年，未必能领略此种乐趣与实益的万分之一，则我殊不以为然，红茶带“土斯”未始不可吃，但这只是当饭，在肚饥时食之而已；我的所谓喝茶，却是在喝清茶，在赏鉴其色与香与味，意未必在止渴，自然更不在果腹了。中国古昔曾吃过煎茶及抹茶，现在所用的都是泡茶，冈仓觉三在《茶之书》（*The Book of Tea*，1919）里很巧妙地称之曰“自然主义的茶”，所以我们所重的即在这自然之妙味。中国人上茶馆去，左一碗右一碗地喝了半天，好像是刚从沙漠里回来的样子，颇合于我的喝茶的意思，（听说闽粤有所谓吃工夫茶者自然也有道理），只可惜近来太是洋场化，失了本意，其结果成为饭馆子之流，只在乡村间还保存一点古风，惟是屋宇器具简陋万分，或者但可称为颇有喝茶之意，而未可许为已得喝茶之道也。

喝茶当于瓦屋纸窗下，清泉绿茶，用素雅的陶瓷茶具，同二三人共饮，得半日之闲，可抵十年的尘梦。喝茶之后，再去继续修各人的胜业，无论为名为利，都无不可，但偶然的片刻优游乃正亦断不可少。中国喝茶时多吃瓜子，我觉得不很适宜；喝茶时所吃的东西应当是轻淡的“茶食”。中国的茶食却变了“满汉饽饽”，其性质与“阿阿兜”相差无几，不是喝茶时所吃的东西了。日本的点心虽是豆米的成品，但那优雅的形色，朴素的味道，很合于茶食的资格，如各色的

“羊羹”（据上田恭辅氏考据，说是出于中国唐时的羊肝饼），尤有特殊的风味。江南茶馆中有一种“干丝”，用豆腐干切成细丝，加姜丝酱油，重汤炖热，上浇麻油，出以供客，其利益为“堂馆”所独有。豆腐干中本有一种“茶干”，今变而为丝，亦颇与茶相宜。在南京时常食此品，据云有某寺方丈所制为最，虽也曾尝试，却已忘记，所记得者乃只是下关的江天阁而已。学生们的习惯，平常“干丝”既出，大抵不即食，等到麻油再加，开水重换之后，始行举箸，最为合适，因为一到即罄，次碗继至，不遑应酬，否则麻油三浇，旋即撤去，怒形于色，未免使客不欢而散，茶意都消了。

吾乡昌安门外有一处地方名三脚桥（实在并无三脚，乃是三出，因以一桥而跨三汊的河上也），其地有豆腐店曰周德和者，制茶干最有名。寻常的豆腐干方约寸半，厚可三分，值钱二文，周德和的价值相同，小而且薄，才及一半，黝黑坚实，如紫檀片。我家距三脚桥有步行两小时的路程，故殊不易得，但能吃到油炸者而已。每天有人挑担设炉镬，沿街叫卖，其词曰：

辣酱辣，麻油炸，

红酱搽，辣酱拓；

周德和格五香油炸豆腐干。

其制法如上所述，以竹丝插其末端，每枚三文。豆腐干大小如周德和，而甚柔软，大约系常品。唯经过这样烹调，虽然不是茶食之一，却也不失为一种好豆食——豆腐的确也是极乐的佳妙的食品，可以有种种的变化，唯在西洋不会被领解，正如茶一般。

日本用茶淘饭，名曰“茶渍”，以腌菜及“泽庵”（即福建的黄土萝卜，日本泽庵法师始传此法，盖从中国传去）等为佐，很有清淡而甘香的风味。中国人未尝不这样吃，惟其原因，非由穷困即为节省，殆少有故意往清茶淡饭中寻其固有之味者，此所以为可惜也。

北京的茶食

周作人

在东安市场的旧书摊上买到一本日本文章家五十岚力的《我的书翰》，中间说起东京的茶食店的点心都不好吃了，只有几家如上野山下的空也，还做得好点心，吃起来馅和糖及果实浑然融合，在舌头上分不出各自的味来。想起德川时代江户的二百五十年的繁华，当然有这一种享乐的流风余韵留传到今日，虽然比起京都来自然有点不及。北京建都已有五百余年之久，论理于衣食住方面应有多少精微的造就，但实际似乎并不如此，即以茶食而论，就不曾知道什么特殊的有滋味的东西。固然我们对于北京情形不甚熟悉，只是随便撞进一家饽饽铺里去买一点来吃，但是就撞过的经验来说，总没有很好吃的点心买到过。难道北京竟是没有好的茶食，还是有而我们不知道呢？这也未必全是为贪口腹之欲，总觉得住在古老的京城里吃不到包含历史的精炼的或颓废的点心是一个很大的缺陷。北京的朋友们，能够告诉我两三家做得上好点心的饽饽铺吗?

我对于二十世纪的中国货色，有点不大喜欢，粗恶的模仿品，美其名曰国货，要卖得比外国货更贵些。新房子里卖的东西，便不免都有点怀疑，虽然这样说好像遗老的口吻，但总之关于风流享乐的事我是颇迷信传统的。我在西四牌楼以南走过，望着异馥斋的丈许高的独木招牌，不禁神往，因为这不但表示他是义和团以前的老店，那模糊阴暗的字迹又引起我一种焚香静坐的安闲而丰腴的生活的幻想。我不曾焚过什么香，却对于这件事很有趣味，然而终于不敢进香店去，因为怕他们在香盒上已放着花露水与日兴皂了。我们于日用必需的东西以外，必须还有一点无用的游戏与享乐，生活才觉得有意思。我们看夕阳，看秋河，看花，听雨，闻香，喝不求解渴的酒，吃不求饱的点心，都是生活上必要的——虽然是无用的装点，而且是愈精炼愈好。可怜现在的中国生活，却是极端地干燥粗鄙，别的不说，我在北京彷徨了十年，终未曾吃到好点心。

喝茶

鲁迅[1]

某公司又在廉价了，去买了二两好茶叶，每两洋二角。开首泡了一壶，怕它冷得快，用棉袄包起来，却不料郑重其事的来喝的时候，味道竟和我一向喝着的粗茶差不多，颜色也很重浊。

我知道这是自己错误了，喝好茶，是要用盖碗的，于是用盖碗。果然，泡了之后，色清而味甘，微香而小苦，确是好茶叶。但这是须在静坐无为的时候的，当我正写着《吃教》的中途，拉来一喝，那好味道竟又不知不觉的滑过去，像喝着粗茶一样了。

有好茶喝，会喝好茶，是一种"清福"。不过要享这"清福"，首先就须有工夫，其次是练习出来的特别的感觉。由这一极琐屑的经验，我想，假使是一个使用筋力的工人，在喉干欲裂的时候，那么，即使给他龙井芽茶、珠兰窨片，恐怕他喝起来

①鲁迅（1881—1936），文学家、思想家。本名周树人，浙江绍兴人。被誉为『民族魂』。

也未必觉得和热水有什么大区别罢。所谓“秋思”，其实也是这样的，骚人墨客，会觉得什么“悲哉秋之为气也”，风雨阴晴，都给他一种刺戟，一方面也就是一种“清福”，但在老农，却只知道每年的此际，就要割稻而已。

于是有人以为这种细腻锐敏的感觉，当然不属于粗人，这是上等人的牌号。然而我恐怕也正是这牌号就要倒闭的先声。我们有痛觉，一方面是使我们受苦的，而一方面也使我们能够自卫。假如没有，则即使背上被人刺了一尖刀，也将茫无知觉，直到血尽倒地，自己还不明白为什么倒地。但这痛觉如果细腻锐敏起来呢，则不但衣服上有一根小刺就觉得，连衣服上的接缝，线结，布毛都要觉得，倘不穿“无缝天衣”，他便要终日如芒刺在身，活不下去了。但假装锐敏的，自然不在此例。

感觉的细腻和锐敏，较之麻木，那当然算是进步的，然而以有助于生命的进化为限。如果不相干，甚而至于有碍，那就是进化中的病态，不久就要收梢。我们试将享清福，抱秋心的雅人，和破衣粗食的粗人一比较，就明白究竟是谁活得下去。喝过茶，望着秋天，我于是想：不识好茶，没有秋思，倒也罢了。

茶话

周瘦鹃①

茶，是我国的特产，吃茶也就成了我国人民特有的习惯。无论是都市，是城镇，以至乡村，几乎到处都有大大小小的茶馆，每天自朝至暮，几乎到处都有茶客，或者是聊闲天，或者是谈正事，或者搞些下象棋、玩纸牌等轻便的文娱活动，形成了一个公开的群众俱乐部。

茶有茗、荈、槚几个别名。据《尔雅》说，早采者为茶，晚取者为茗，荈和槚是苦茶。吃茶的风气始于晋代。晋人杜育，就写过一篇《荈赋》，对于茶大加赞美；到了唐代，那就盛行吃茶了。

茶树的干像瓜芦，叶子像栀子，花朵像野蔷薇，有清香，高一二尺。江苏、浙江、福建、安徽各省，都是茶的产地，如碧螺春、龙井、武夷、六安、祁门等各种著名的绿茶、红茶，都是我们所熟知的。茶树都种于山野间，可是喜阴喜

① 周瘦鹃（1895—1968），作家、翻译家、盆景艺术家，鸳鸯蝴蝶派早期代表作家。江苏苏州人。曾在苏州辟紫兰小筑。

燥，怕阳光怕水，倘不施粪肥，味儿更香，绿茶色淡而香清，红茶色香味都很浓郁，而味带涩性。绿茶有明前、雨前之分，是照着采茶的时期而定名的，采于清明节以前的叫作明前，采于谷雨节以前的叫作雨前，以雨前较为名贵。茶叶可用花窨，如茉莉、珠兰、玫瑰、木樨、白兰、玳玳都可以窨茶，不过花香一浓，就会冲淡茶香，所以窨花的茶叶，不必太好，上品的茶叶，是不需要借重那些花的。

吃茶有什么好处，谁也不能肯定。茶可以解渴，这是开宗明义第一章，有的人说它可以开胃润气，并且助消化，尤以红茶为有效。可是卫生家却并不赞同，以为茶有刺激神经的作用，不如喝白开水有润肠利便之效。但我们吃惯了茶的人，总觉得白开水淡而无味，还是要去吃茶，情愿让神经刺激一下了。

唐朝的诗人卢仝和陆羽，可说是我国提倡吃茶的有名人物，昔人甚至尊之为“茶圣”。卢仝曾有一首长歌，谢人寄新茶，其下半首云：“……柴门反关无俗客，纱帽笼头自煎吃，碧云引风吹不断，白花浮光凝碗面。一碗喉吻润；两碗破孤闷；三碗搜枯肠，惟有文字五千卷；四碗发轻汗，平生不平事，尽向毛孔散；五碗肌骨清；六碗通仙灵；七碗吃不得也，唯觉两腋习习清风生。”夸张吃茶的好处，写得十分有趣；因此“卢仝七碗”，也就成了后人传诵的佳话。陆羽字鸿渐，有文学，嗜茶成癖，著《茶经》三篇，原原本本地说出茶之源、之法、之具，真是一个吃茶的专家。宋朝的诗人如苏东坡、黄山谷、陆放翁等，也都是爱茶的，他们的诗集中有不少歌颂吃茶的作品。

制茶的方法，红绿茶略有不同，据说要制红茶时，可将采下的嫩叶，铺满在竹席上，放在阳光中曝晒，晒了一会儿，便搅拌一会儿，等到叶子晒得渐渐地萎缩时，就纳入布袋揉搓一下，再倒出来曝晒，将水分蒸散，再装在木箱里，一层层堆叠起来，重重压紧，用布来遮在上面，等到它变成了红褐色透出香气来时，再从箱里倒出来晒干，然后放在炉火上烘焙。经过了这几重手续，叶子已完全干燥，而红茶也就告成了。制绿茶时，那么先将采下的嫩叶放在蒸笼里蒸一下，或铁锅上炒一下，到它带了黏性而透出香气来时，就倒出来，铺散在竹席上，用扇子把它用力地扇，扇冷之后，立即上炉烘焙，一面烘，一面揉搓，叶子就逐渐干燥起来。最后再移到火力较弱的烘炉上，且烘且搓，直到完全干燥为止，于是绿茶也就告成了。

过去我一直爱吃绿茶，而近一年来，却偏爱红茶，觉得酽厚够味，在绿茶之上；有时红茶断档，那么吃吃洞庭山的名产绿茶碧螺春，也未为不可。

在明代时，苏州虎丘一带也产茶，颇有名，曾见之诗人篇章。王世贞句云："虎丘晚出谷雨候，百草斗品皆为轻。"徐渭句云："虎丘春茗妙烘蒸，七碗何愁不上升。"他们对于虎丘茶的评价，都是很高的；可是从清代以至于今，就不曾听得虎丘产茶了。幸而洞庭山出产了碧螺春，总算可为苏州张目。碧螺春本来是一种野茶，产在碧螺峰的石壁上，清代康熙年间被人发现了，采下来装在竹筐里装不下，便纳在怀里，茶叶沾了热气，透出一阵异香来，采茶人都嚷着"吓杀人香"。原来"吓杀人"是苏州俗话，在这里就是极言其香气的浓郁，可以吓得杀人的。从此口口相传，这种茶叶就称为"吓杀人香"。康熙南巡时，巡抚宋荦以此茶进献，康熙因它的名儿不雅，就改名为碧螺春。此茶的特点，是叶子都蜷曲，用沸水一泡，还有白色的细茸毛浮起来。初泡时茶味未出，到第二次泡时呷上一口，就觉得"清风自向舌端生"了。

从前一般风雅之士，对于吃茶称为品茗，原来他们泡了茶，并不是一口一口地呷，而是像喝贵州茅台酒、山西汾酒一样，一点一滴地在嘴唇上"品"的。在抗日战争以前，我曾在上海被邀参加过一个品茗之会。主人是个品茗的专家，备有他特制的"水仙""野蔷薇"等茶叶，并且有黄山的云雾茶，所用的水，据说是无锡运来的惠泉水，盛在一个瓦铛里，用松毛、松果来生了火，缓缓地煎。那天请了五位客，连他自己一共六人。一只小圆桌上放着六只像酒盅般大的小茶杯和一把小茶壶，是白地青花瓷质的。他先用沸水将杯和壶泡了一下，然后在壶中满满地放了茶叶，据说就是“水仙”。瓦铛水沸之后，就斟在茶壶里，随即在六只小茶杯里各斟一些些，如此轮流地斟了几遍，才斟满了一杯。于是品茗开始了，我照着主人的方式，啜一些在嘴唇上品，啧啧有声。客人们赞不绝口，都说“好香！好香！”我也只得附和着乱赞，其实觉得和我们平日所吃的龙井、雨前是差不多的。听说日本人吃茶特别讲究，也是这种方式，他们称为“茶道”，吃茶而有道，也足见其重视的一斑。我以为这样的吃茶，已脱离了一般劳动人民的现实生活，实在是不足为训的。

咖啡琐话

周瘦鹃[①]

一九五五年仲夏莲花开放的时节，出阁了七年而从未归宁过的第四女瑛，偕同她的夫婿李卓明和儿子超平，远迢迢地从印尼共和国首都雅加达城赶回来了，执手相看，疑在梦里！她带来了许多吃的穿的用的和玩的东西，内中有一方听雪白的砂糖和一方听浓香的咖啡粉；她是一向知道老父爱好这刺激性的饮料的。据她说：在印尼无论是土著或侨民都以咖啡代茶喝，往往不放糖和牛乳，好在咖啡豆磨成了粉末，只须用沸水冲饮，极为方便。我已好久喝不到好咖啡了；这时如获至宝，喜心翻倒。从去夏到今春，每星期喝两次，还没有完；有时精神稍差，就得借它来刺激一下。

咖啡是热带的产物，南美洲的巴西国向以咖啡著名，而印尼所产也着实不坏。树身高约两丈，叶对生，作椭圆形，尖如锥子，开花作白色，香很浓烈，花谢结实，像黄豆那么大，采下来焙干之后，就可磨细煎饮了。

咖啡最初的产生，远在十五世纪，有一位阿拉伯作家的文章中，已详述它的种植法；而第一株咖啡树，却发现于阿拉伯半岛西南角的某地。后来咖啡的种子外流，就普及于其他地区，成为世界饮料中的恩物，可以和我国的红绿茶分庭抗礼。

咖啡是舶来品，是比较新的东西，所以我国古代的诗人词客，从没有把它作为吟咏的题材的。到了清代，咖啡随欧风美雨而东来，遍及大都市，于是清末的诗词中，也可看到咖啡了。如毛元征的《新艳》诗云：

饮欢加非茶，忘却调牛乳。
牛乳如欢甜，加非似侬苦。

潘飞声《临江仙》词云：

第一红楼听雨夜，琴边偷问年华。画房刚掩绿窗纱，停弦春意懒，侬代脱莲靴。

也许胡床同靠坐，低教蛮语些些。起来新酌加非茶，却防憨婢笑，呼去看唐花。

我也有一阕《生查子》词：

电影上银屏，取证欢侬事。脉脉唤甜心，省识西来意。

积恨不能消，狂饮葡萄醉。更啜苦加非，绝似相思味。

其实咖啡虽苦，加了糖和牛乳，却腴美芳香，兼而有之；相思滋味，有时也会如此，过来人是深知此味的。

咖啡馆的创设，还在十五世纪中叶，阿拉伯的城市中，几乎都有咖啡馆，因为从沙漠里来的行商骆驼队，都跋涉长途，口渴不堪，就得上咖啡馆来解解渴，于是咖啡馆风起云涌，盛极一时。一般阿拉伯人渐渐地爱上了咖啡馆，日常聚集在那里，聊聊天，取取乐，以致耽误了正当的工作。甚至政治上的阴谋，也从咖啡馆中产生出来，一时闹得乌烟瘴气。于是掌握政权的主教们大发雷霆，下令取缔咖啡馆，凡是上咖啡馆去喝咖啡的人都要处刑。当时君士坦丁等各地的咖啡馆纷纷倒闭，而在阿拉伯最著名的咖啡“摩加”，已曾专卖了两百多年，几乎没有人问津，只得另找出路；流入了意大利的水城威尼斯。

草草杯盘共一欢，
莫因柴米话辛酸

《湖畔夜饮》
丰子恺

齐白石 绘

酒阑人散，皓月当空。
湖水如镜，花影满堤。

那晚月色真好

《冬天》
朱自清

丁辅之 绘

无论怎么冷，大风大雪，想到这些，我心上总是温暖的。

咬得菜根，百事可做

《咬菜根》朱湘

齐白石 绘

萝卜当然也是一种菜根。

故乡的杨梅
甜中带酸

《食味杂记》

王鲁彦

丁辅之 绘

我觉得梅熟了反而没有味，梅的美味即在未成熟的时候。

汤汁晶莹，宛似初雪覆苍苔

《鳜鱼宴》
王世襄

齐白石 绘

碗未登席，鼻观已开，一啜到口，芬溢齿颊。妙在糟香中有清香，仿佛身在莲塘菰蒲间。

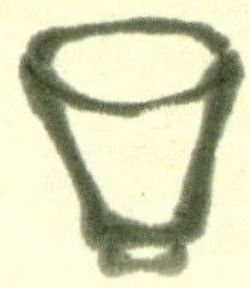

蟹是美味，
人人喜爱

《蟹》
梁实秋

齐白石 绘

右手持酒杯，左手持蟹螯，拍浮酒船中，便足了一生矣！

凡我住过的地方都是故乡

《故乡的野菜》
周作人

丁辅之 绘

荠菜马兰头，姊姊嫁在后门头。

一粥一饭，当思来处不易

《说笋之类》
王任叔

丁辅之 绘

干柴白米岩骨水，嫩笋绿茶石板鱼。

十六世纪的中叶，法京巴黎的咖啡馆，多至两千家，而英京伦敦，更多至三千家，虽曾经过一次大打击，被迫关门；后来卷土重来，变本加厉，甚至喊出了口号："我们要从咖啡馆中改造出新的伦敦，新的英吉利来！""咖啡馆是新伦敦之母！"也足见其对于咖啡馆的狂热了。

苏州在日寇盘踞的时期，也有所谓咖啡馆，门口贴着"欢迎皇军"的招贴，由一般荡女淫娃担任招待。丑恶已极！我偶然回去探望故园，一见之下，就疾首痛心，掩面而过。那时老画师邹荆盦前辈已从香山回到城中故居，他是爱咖啡成癖的，密藏着好几罐名牌咖啡，而以除去咖啡因的"海格"一种为最，我们痛定思痛，需要刺激，他老人家就亲自煎了一壶"海格"，相对畅饮，我口占小诗三绝句答谢云：

卢仝七碗浑闲事，一盏加非意味长；
苦尽甘来容有日，借它先自灌愁肠。
白发邹翁风雅甚，丹青写罢啜加非；
明窗静看丛蕉绿，月季花开香满衣。（翁喜种月季花）
瓶笙声里炎炎火，彝鼎纷陈闻妙香；
我欲晋封公莫却，加非壶畔一天王。

原来苏州人多爱喝茶，爱咖啡的不多，像邹老那么罗致名品，并且精其器皿的，一时无两，真可称为咖啡王了。老人家去世三年，音容宛在，我每对咖啡，恨不能起故人于地下，和他畅饮一番，并对他说："现在苦尽甘来，与国同休，喝了咖啡更觉兴奋，不必借它来一灌愁肠了。"

冷开水

周作人

夏天喝一杯冷水是很舒服的。可是生水喝不得，要喝必须是煮沸过的水，等冷了再喝，最好是用冰镇过的冰水，不过现在不能那么奢侈，普通人家用不起冰，也只好算了。花一点钱去喝汽水自然也好，但甜得没有意思，照我个人的意见来说，不但不宜有甜或咸味，便是薄荷青蒿金银花夏枯草以至茶叶都可以不必，顶好的还是普通的冷的白开水。这并不是狐狸的酸葡萄的说法，实在我常吃的便是这一种，不只是夏天，就是冬天三九二十七的时候也是如此，那是个人的习惯，本来是不足为训的。这个敝习惯也是一利一弊，利是自己便利，冷饭凉茶一律吃下去，吃时并不皱眉，吃后也不肚痛，弊则是串门作客，天热口干，而新泡的茶不能入口，待至半凉，一不经意，倏被殷勤的工友一下泼去，改酾热茶，狼狈返顾，已来不及矣。我好茶也喝，但没得喝也可以，只要有冷开水就好，北方没有天落水，以洋井的水代之，此又一习惯也。北京的土井水有咸味，可煮饭不可以冲茶，自来水虽卫生而有漂白粉气味，觉得不喜欢，洋井如有百尺深，则水味清甘大可用得，古时所谓甜水井甚为希有，城内才二三处，现今用铁管凿井法，甜水也就随处可得了。

肆

人生苦短，再来一碗

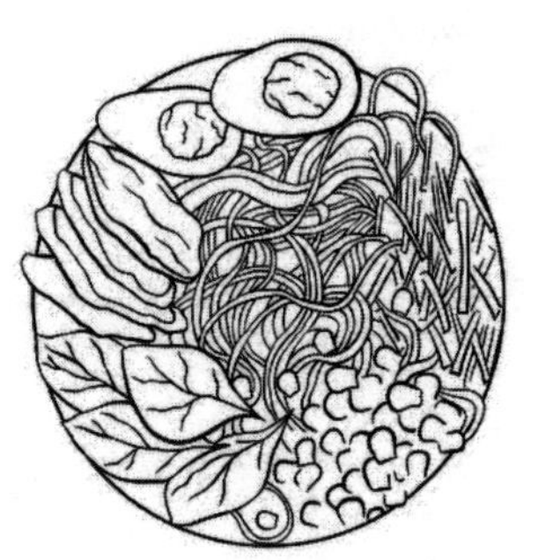

吃酒

丰子恺

酒，应该说饮，或喝。然而我们南方人都叫吃。古诗中有“吃茶”，那么酒也不妨称吃。说起吃酒，我忘不了下述几种情境:

二十多岁时，我在日本结识了一个留学生，崇明人黄涵秋。此人爱吃酒，富有闲情逸致。我二人常常共饮。有一天风和日暖，我们乘小火车到江之岛去游玩。这岛临海的一面，有一片平地，芳草如茵，柳荫如盖，中间设着许多矮榻，榻上铺着红毡毯，和环境作成强烈的对比。我们两人踞坐一榻，就有束红带的女子来招待。“两瓶正宗，两个壶烧。”正宗是日本的黄酒，色香味都不亚于绍兴酒。壶烧是这里的名菜，日本名叫tsuboyaki，是一种大螺蛳，名叫荣螺（sazae），约有拳头来大，壳上生许多刺，把刺修整一下，可以摆平，像三足鼎一样。把这大螺蛳烧杀，取出肉来切碎，再放进去，加入酱油等调味品，煮熟，就用这壳作为器皿，请客人吃。这器皿象一把壶，所以名为壶烧。其味甚鲜，确是侑酒佳品。用的筷子更佳：这双筷用纸袋套好，纸袋上印着“消毒割箸”四个字，袋上又插着一个牙签，预备吃过之后用的。从纸袋中拔出筷来，但见一半已割裂，一半还连接，让客人自己去裂开来。这木头是消毒过的，而且没有人用过，所以用时心地非常快适。用后就丢弃，价廉并不可惜。我赞美这种筷，认为是世界上最进步的用品。西洋人用刀叉，太笨重，要洗过方能再用；中国人用竹筷，也是洗过再用，很不卫生，即使是象牙筷也不卫生。日本人的消毒割箸，就同牙签一样，只用一次，真乃一大发明。他们还有一种牙刷，非常简单，到处杂货店发卖，价钱很便宜，也是只用一次就丢弃的。于此可见日本人很有小聪明。且说我和老黄在江之岛吃壶烧酒，三杯入口，万虑皆消。海鸟长鸣，天风振袖。但觉心旷神怡，仿佛身在仙境。老黄爱调笑，看见年轻侍女，就和她搭讪，问年纪，问家乡，引起她身世之感，使她掉下泪来。于是临走多给小账，约定何日重来。我们又仿佛身在小说中了。

又有一种情境，也忘不了。吃酒的对手还是老黄，地点却在上海城隍庙里。这里有一家素菜馆，叫做春风松月楼，百年老店，名闻遐迩。我和老黄都在上海当教师，每逢闲暇，便相约去吃素酒。我们的吃法很经济：两斤酒，两碗“过浇面”，一碗冬菇，一碗十景。所谓过浇，就是浇头不浇在面上，而另盛在碗里，作为酒菜。等到酒吃好了，才要面底子来当饭吃。人们叫别了，常喊作“过桥面”。这里的冬菇非常肥鲜，十景也非常入味。浇头的分量不少，下酒之后，还有剩余，可以浇在面上。我们常常去吃，后来那堂倌熟悉了，看见我们进去，就叫：“过桥客人来了，请坐请坐！”现在，老黄早已作古，这素菜馆也改头换面，不可复识了。

另有一种情境，则见于患难之中。那年日本侵略中国，石门湾沦陷，我们一家老幼九人逃到杭州，转桐庐，在城外河头上租屋而居。那屋主姓盛，兄弟四人。我们租住老三的屋子，隔壁就是老大，名叫宝函。他有一个孙子，名叫贞谦，约十七八岁，酷爱读书，常常来向我请教问题，因此宝函也和我要好，常常邀我到他家去坐。这老翁年约六十多岁，身体很健康，常常坐在一只小桌旁边的圆鼓凳上。我一到，他就请我坐在他对面的椅子上，站起身来，揭开鼓凳的盖，拿出一把大酒壶来，在桌上的杯子里满满地斟了两盅；又向鼓凳里摸出一把花生米来，就和我对酌。他的鼓凳里装着棉絮，酒壶裹在棉絮里，可以保暖，斟出来的两碗黄酒，热气腾腾。酒是自家酿的，色香味都上等。我们就用花生米下酒，一面闲谈。谈的大都是关于他的孙子贞谦的事。他只有这孙子，很疼爱他，说“这小人一天到晚望书，身体不好……”望书即看书，是桐庐土白。我用空话安慰他，骗他酒吃。骗得太多，不好意思，我准备后来报谢他。但我们住在河头上不到一个月，杭州沦陷，我们匆匆离去，终于没有报谢他的酒惠。现在，这老翁不知是否在世，贞谦已入中年，情况不得而知。

最后一种情境，见于杭州西湖之畔。那时我僦居在里西湖招贤寺隔壁的小平屋里，对门就是孤山，所以朋友送我一副对联，叫做“居邻葛岭招贤寺，门对孤山放鹤亭”。家居多暇，则闲坐在湖边的石凳上，欣赏湖光山色。每见一中年男子，蹲在岸上，向湖边垂钓。他钓的不是鱼，而是虾。钓钩上装一粒饭米，挂在岸石边，一会儿拉起线来，就有很大的一只虾。其人把它关在一个瓶子里。于是再装上饭米，挂下去钓。钓得了三四只大虾，他就把瓶子藏入藤篮里，起身走了。我问他：“何不再钓几只？”他笑着回答说：“下酒够了。”我跟他去，见他走进岳坟旁边的一家酒店里，拣一座头坐下了。我就在他旁边的桌上坐下，叫酒保来一斤酒，一盆花生米。他也叫一斤酒，却不叫菜，取出瓶子来，用钓丝缚住了这三四只虾，拿到酒保烫酒的开水里去一浸，不久取出，虾已经变成红色了。他向酒保要一小碟酱油，就用虾下酒。我看他吃菜很省，一只虾要吃很久，由此可知此人是个酒徒。

此人常到我家门前的岸边来钓虾。我被他引起酒兴，也常跟他到岳坟去吃酒。彼此相熟了，但不问姓名。我们都独酌无伴，就相与交谈。他知道我住在这里，问我何不钓虾。我说我不爱此物。他就向我劝诱，尽力宣扬虾的滋味鲜美，营养丰富。又教我钓虾的窍门。他说："虾这东西，爱躲在湖岸石边。你倘到湖心去钓，是永远钓不着的。这东西爱吃饭粒和蚯蚓，但蚯蚓龌龊，它吃了，你就吃它，等于你吃蚯蚓。所以我总用饭粒。你看，它现在死了，还抱着饭粒呢。"他提起一只大虾来给我看，我果然看见那虾还抱着半粒饭。他继续说："这东西比鱼好得多。鱼，你钓了来，要剖，要洗，要用油盐酱醋来烧，多少麻烦。这虾就便当得多：只要到开水里一煮，就好吃了。不须花钱，而且新鲜得很。"他这钓虾论讲得头头是道，我真心赞叹。

这钓虾人常来我家门前钓虾，我也好几次跟他到岳坟吃酒，彼此熟识了，然而不曾通过姓名。有一次，夏天，我带了扇子去吃酒。他借看我的扇子，看到了我的名字，吃惊地叫道："啊！我有眼不识泰山！"于是叙述他曾经读过我的随笔和漫画，说了许多仰慕的话。我也请教他姓名，知道他姓朱，名字现已忘记，是在湖滨旅馆门口摆刻字摊的。下午收了摊，常到里西湖来钓虾吃酒。此人自得其乐，甚可赞佩。可惜不久我就离开杭州，远游他方，不再遇见这钓虾的酒徒了。

写这篇琐记时，我久病初愈，酒戒又开。回想上述情景，酒兴顿添。正是："昔年多病厌芳樽，今日芳樽唯恐浅。"

湖畔夜饮

丰子恺

前天晚上，四位来西湖游春的朋友，在我的湖畔小屋里饮酒。酒阑人散，皓月当空。湖水如镜，花影满堤。我送客出门，舍不得这湖上的春月，也向湖畔散步去了。柳荫下一条石凳，空着等我去坐。我就坐了，想起小时在学校里唱的春月歌："春夜有明月，都作欢喜相。每当灯火中，团团清辉上。人月交相庆，花月并生光。有酒不得饮，举杯献高堂。"觉得这歌词温柔敦厚，可爱得很！又念现在的小学生，唱的歌粗浅俚鄙，没有福分唱这样的好歌，可惜得很！回味那歌的最后两句，觉得我高堂俱亡，虽有美酒，无处可献，又感伤得很！三个"得很"逼得我立起身来，缓步回家。不然，恐怕把老泪掉在湖堤上，要被月魄花灵所笑了。

回进家门，家中人说，我送客出门之后，有一上海客人来访，其人名叫CT[①]，住在葛岭饭店。家中人告诉

① CT即西谛，郑振铎笔名。

他，我在湖畔看月，他就向湖畔去找我了。这是半小时以前的事，此刻时钟已指十时半。我想，CT找我不到，一定已经回旅馆去歇息了。当夜我就不去找他，管自睡觉了。第二天早晨，我到葛岭饭店去找他，他已经出门，茶役正在打扫他的房间。我留了一张名片，请他正午或晚上来我家共饮。正午，他没有来。晚上，他又没有来。料想他这上海人难得到杭州来，一见西湖，就整日寻花问柳，不回旅馆，没有看见我留在旅馆里的名片。我就独酌，照例倾尽一斤。

黄昏八点钟，我正在酩酊之余，CT来了。阔别十年，身经浩劫，他反而胖了，反而年轻了。他说我也还是老样子，不过头发白些。“十年离乱后，长大一相逢，问姓惊初见，称名忆旧容。”这诗句虽好，我们可以不唱。略略几句寒暄之后，我问他吃夜饭没有。他说，他是在湖滨吃了夜饭，——也饮一斤酒，——不回旅馆，一直来看我的。我留在他旅馆里的名片，他根本没有看到。我肚里的一斤酒，在这位青年时代共我在上海豪饮的老朋友面前，立刻消解得干干净净，清清醒醒。我说：“我们再吃酒！”他说：“好，不要什么菜蔬。”窗外有些微雨，月色朦胧。西湖不像昨夜的开颜发艳，却有另一种轻颦浅笑，温润静穆的姿态。昨夜宜于到湖边步月，今夜宜于在灯前和老友共饮。“夜雨剪春韭”，多么动人的诗句！可惜我没有家园，不曾种韭。即使我有园种韭，这晚上也不想去剪来和CT下酒。因为实际的韭菜，远不及诗中的韭菜的好吃。照诗句实行，是多么愚笨的事呀！

女仆端了一壶酒和四只盆子出来，酱鸭、酱肉、皮蛋和花生米，放在收音机旁的方桌上。我和CT就对坐饮酒。收音机上面的墙上，正好贴着一首我写的，数学家苏步青的诗：“草草杯盘共一欢，莫因柴米话辛酸。春风已绿门前草，且耐余寒放眼看。”有了这诗，酒味特别的好。我觉得世间最好的酒肴，莫如诗句。而数学家的诗句，滋味尤为纯正。因为我又觉得，别的事都可有专家，而诗不可有专家。因为做诗就是做人。人做得好的，诗也做得好。倘说做诗有专家，非专家不能做诗，就好比说做人有专家，非专家不能做人，岂不可笑？因此，有些“专家”的诗，我不爱读。因为他们往往爱用古典，蹈袭传统；咬文嚼字，卖弄玄虚；扭扭捏捏，装腔作势；甚至神经过敏，出神见鬼。而非专家的诗，倒是直直落落，明明白白，天真自然，纯正朴茂，可爱得很。樽前有了苏步青的诗，桌上酱鸭、酱肉、皮蛋和花生米，味同嚼蜡；唾弃不足惜了！

我和CT共饮，另外还有一种美味的酒肴！就是话旧。阔别十年，身经浩劫。他沦陷在孤岛上，我奔走于万山中。可惊可喜，可歌可泣的话，越谈越多。谈到酒酣耳热的时候，话声都变了呼号叫啸，把睡在隔壁房间里的人都惊醒。谈到二十余年前他在宝山路商务印书馆当编辑，我在江湾立达学园教课时的事，他要看看我的子女阿宝，软软和瞻瞻——《子恺漫画》里的三个主角，幼时他都见过的。瞻瞻现在叫做丰华瞻，正在北平北大研究院，我叫不到；阿宝和软软现在叫丰陈宝和丰宁馨，已经大学毕业而在中学教课了，此刻正在厢房里和她们的弟妹们练习平剧[①]！我就喊她们来"参见"。CT用手在桌子旁边的地上比比，说："我在江湾看见你们时，只有这么高。"她们笑了，我们也笑了。这种笑的滋味，半甜半苦，半喜半悲。所谓"人生的滋味"，在这里可以浓烈地尝到。CT叫阿宝"大小姐"，叫软软"三小姐"。我说："《花生米不满足》《瞻瞻新官人，软软新娘子，宝姐姐做媒人》《阿宝两只脚，凳子四只脚》等画，都是你从我的墙壁上揭去，制了锌板在《文学周报》上发表的。你这老前辈对她们小孩子又有什么客气？依旧叫'阿宝''软软'好了。"大家都笑。人生的滋味，在这里又浓烈地尝到了。我们就默默地

①即京剧。

干了两杯。我见CT的豪饮，不减二十余年前。我回忆起了二十余年前的一件旧事，有一天，我在日升楼前，遇见CT。他拉住我的手说："子恺，我们吃西菜去。"我说"好的"。他就同我向西走，走到新世界对面的晋隆西菜馆楼上，点了两客公司菜，外加一瓶白兰地。吃完之后，仆欧[①]送账单来。CT对我说："你身上有钱吗？"我说："有！"摸出一张伍元钞票来，把账付了。于是一同下楼，各自回家——他回到闸北，我回到江湾。过了一天，CT到江湾来看我，摸出一张拾元钞票来，说："前天要你付账，今天我还你。"我惊奇而又发笑，说："账回过算了，何必还我？更何必加倍还我呢？"我定要把拾元钞票塞进他的西装袋里去，他定要拒绝。坐在旁边的立达同事刘薰宇，就过来抢了这张钞票去，说："不要客气，拿到新江湾小店里去吃酒吧！"大家赞成。

于是号召了七八个人，夏丏尊先生、匡互生、方光焘都在内，到新江湾的小酒店里去吃酒。吃完这张拾元钞票时，大家都已烂醉了。此情此景，憬然在目。如今夏先生和匡互生均已作古，刘薰宇远在贵阳，方光焘不知又在何处。只有CT仍旧在这里和我共饮。这岂非人世难得之事！我们又浮两大白。

夜阑饮散，春雨绵绵。我留CT宿在我家，他一定要

① 英文boy的译音，意为男侍者。

回旅馆。我给他一把伞，看他的高大的身子在湖畔柳荫下的细雨中渐渐地消失了。我想:“他明天不要拿两把伞来还我！”

豆汁儿

汪曾祺

没有喝过豆汁儿，不算到过北京。

小时看京剧《豆汁记》（即《鸿鸾禧》，又名《金玉奴》，一名《棒打薄情郎》），不知“豆汁”为何物，以为即是豆腐浆。

到了北京，北京的老同学请我吃了烤鸭、烤肉、涮羊肉，问我：“你敢不敢喝豆汁儿？”我是个“有毛的不吃掸子，有腿的不吃板凳，大荤不吃死人，小荤不吃苍蝇”的，喝豆汁儿，有什么不“敢”？他带我去到一家小吃店，要了两碗，警告我说：“喝不了，就别喝。有很多人喝了一口就吐了。”我端起碗来，几口就喝完了。我那同学问：“怎么样？”我说：“再来一碗。”

豆汁儿是制造绿豆粉丝的下脚料。很便宜。过去卖生豆汁儿的，用小车推一个有盖的木桶，串背街、胡同。不用“唤头”（招徕顾客的响器），也不吆唤。因为每天串到哪里，大都有准时候。到时候，就有女人提了一个什么容器出来买。有了豆汁儿，这天吃窝头就可以不用熬稀粥了。这是贫民食物。《豆汁记》的金玉奴的父亲金松是“杆儿上的”（叫花头），所以家里有吃剩的豆汁儿，可以给莫稽盛一碗。

卖熟豆汁儿的，在街边支一个摊子。一口铜锅，锅里一锅豆汁，用小火熬着。熬豆汁儿只能用小火，火大了，豆汁儿一翻大泡，就“澥”了。豆汁儿摊上备有辣咸菜丝——水疙瘩切细丝浇辣椒油、烧饼、焦圈——类似油条，但作成圆圈，焦脆。卖力气的，走到摊边坐下，要几套烧饼焦圈，来两碗豆汁儿，就一点辣咸菜，就是一顿饭。

豆汁儿摊上的咸菜是不算钱的。有保定老乡坐下，掏出两个馒头，问：“豆汁儿多少钱一碗？”卖豆汁儿的告诉他。“咸菜呢？”——“咸菜不要钱。”——“那给我来一碟咸菜。”

常喝豆汁儿，会上瘾。北京的穷人喝豆汁儿，有的阔人家也爱喝。梅兰芳家有一个时候，每天下午到外面端一锅豆汁儿，全家大小，一人喝一碗。豆汁儿是什么味儿？这可真没法说。这东西是绿豆发了酵的，有股子酸味。不爱喝的说是像泔水，酸臭。爱喝的说：别的东西不能有这个味儿——酸香！这就跟臭豆腐和启司一样，有人爱，有人不爱。

豆汁儿沉底，干糊糊的，是麻豆腐。羊尾巴油炒麻豆腐，加几个青豆嘴儿（刚出芽的青豆），极香。这家这天炒麻豆腐，煮饭时得多量一碗米，——每人的胃口都开了。

咸菜茨菇汤

汪曾祺

一到下雪天，我们家就喝咸菜汤，不知是什么道理。是因为雪天买不到青菜？那也不见得。除非大雪三日，卖菜的出不了门，否则他们总还会上市卖菜的。这大概只是一种习惯。一早起来，看见飘雪花了，我就知道：今天中午是咸菜汤！

咸菜是青菜腌的。我们那里过去不种白菜，偶有卖的，叫做“黄芽菜”，是外地运去的，很名贵。一般黄芽菜炒肉丝，是上等菜。平常吃的，都是青菜，青菜似油菜，但高大得多。入秋，腌菜，这时青菜正肥。把青菜成担地买来，洗净，晾去水气，下缸。一层菜，一层盐，码实，即成。随吃随取，可以一直吃到第二年春天。

腌了四五天的新咸菜很好吃，不咸，细、嫩、脆、甜，难可比拟。

咸菜汤是咸菜切碎了煮成的。到了下雪的天气，咸菜已经腌得很咸了，而且已经发酸，咸菜汤的颜色是暗绿的。没有吃惯的人，是不容易引起食欲的。

咸菜汤里有时加了茨菇片，那就是咸菜茨菇汤。或者叫茨菇咸菜汤，都可以。

我小时候对茨菇实在没有好感。这东西有一种苦味。民国二十年，我们家乡闹大水，各种作物减产，只有茨菇却丰收。那一年我吃了很多茨菇，而且是不去茨菇的嘴子的，真难吃。

我十九岁离乡，辗转漂流，三四十年没有吃到茨菇，并不想。

前好几年，春节后数日，我到沈从文老师家去拜年，他留我吃饭，师母张兆和炒了一盘茨菇肉片。沈先生吃了两片茨菇，说："这个好！格比土豆高。"我承认他这话。吃菜讲究"格"的高低，这种语言正是沈老师的语言。他是对什么事物都讲"格"的，包括对于茨菇、土豆。

因为久违，我对茨菇有了感情。前几年，北京的菜市场在春节前后有卖茨菇的。我见到，必要买一点回来加肉炒了。家里人都不怎么爱吃。所有的茨菇，都由我一个人"包圆儿"了。

北方人不识茨菇。我买茨菇，总要有人问我："这是什么？”——“茨菇。”——“茨菇是什么？”这可不好回答。

北京的茨菇卖得很贵，价钱和“洞子货”（温室所产）的西红柿、野鸡脖韭菜差不多。

我很想喝一碗咸菜茨菇汤。

我想念家乡的雪。

酸梅汤与糖葫芦

梁实秋

夏天喝酸梅汤，冬天吃糖葫芦，在北平是各阶级人人都能享受的事。不过东西也有精粗之别。琉璃厂信远斋的酸梅汤与糖葫芦，特别考究，与其他各处或街头小贩所供应者大有不同。

徐凌霄《旧都百话》关于酸梅汤有这样的记载：

> 暑天之冰，以冰梅汤为最流行，大街小巷，干鲜果铺的门口，都可以看见“冰镇梅汤”四字的木檐横额。有的黄底黑字，甚为工致，迎风招展，好似酒家的帘子一样，使过往的热人，望梅止渴，富于吸引力。昔年京朝大老，贵客雅流，有闲工夫，常常要到琉璃厂逛逛书铺，品品骨董，考考版本，消磨长昼。天热口干，辄以信远斋梅汤为解渴之需。

信远斋铺面很小，只有两间小小门面，临街是旧式玻璃门窗，拂拭得一尘不染，门楣上一块黑漆金字匾额，铺内清洁简单，道地北平式的装修。进门右手方有黑漆大木桶一，里面有一大白瓷罐，罐外周围全是碎冰，罐里是酸梅汤，所以名为冰镇，北平的冰是从什刹海或护城河挖取藏在窖内的，冰块里可以看见草皮木屑，泥沙秽物更不能免，是不能放在饮料里喝的。什刹海会贤堂的名件“冰碗”，莲蓬、桃仁、杏仁、菱角、藕都放在冰块上，食客不嫌其脏，真是不可思议。有人甚至把冰块放在酸梅汤里！信远斋的冰镇就高明多了。因为桶大、罐小、冰多，喝起来凉沁脾胃。他的酸梅汤的成功秘诀，是冰糖多、梅汁稠、水少，所以味浓而酽。上口冰凉，甜酸适度，含在嘴里如品纯醪，舍不得下咽。很少人能站在那里喝那一小碗而不再喝一碗的。抗战胜利还乡，我带孩子们到信远斋，我准许他们能喝多少碗都可以。他们连尽七碗方始罢休。我每次去喝，不是为解渴，是为解馋。我不知道为什么没有人动脑筋把信远斋的酸梅汤制为罐头行销各地，而一任“可口可乐”到处猖狂。

信远斋也卖酸梅卤、酸梅糕。卤冲水可以制酸梅汤，但是无论如何不能像站在那木桶旁边细啜那样有味。我自己在家也曾试做，在药铺买了乌梅，在干果铺买了大块冰糖，不惜工本，仍难如愿。信远斋掌柜姓萧，一团和气，我曾问他何以仿制不成，他回答得很妙：“请您过来喝，别自己费事了。”

信远斋也卖蜜饯、冰糖子儿、糖葫芦。以糖葫芦为最出色。北平糖葫芦分三种。一种用麦芽糖，北平话是糖稀，可以做大串山里红的糖葫芦，可以长达五尺多，这种大糖葫芦，新年厂甸卖的最多。麦芽糖裹水杏儿（没长大的绿杏），很好吃，做糖葫芦就不见佳，尤其是山里红常是烂的或是带虫子屎。另一种用白糖和了粘上去，冷了之后白汪汪的一层霜，另有风味。正宗是冰糖葫芦，薄薄一层糖，透明雪亮。材料种类甚多，诸如海棠、山药、山药豆、杏干、葡萄、橘子、荸荠、核桃，但是以山里红为正宗。山里红，即山楂，北地盛产，味酸，裹糖则极可口。一般的糖葫芦皆用半尺来长的竹签，街头小贩所售，多染尘沙，而且品质粗劣。东安市场所售较为高级。但仍以信远斋所制为最精，不用竹签，每一颗山里红或海棠均单个独立，所用之果皆硕大无疵，而且干净，放在垫了油纸的纸盒中由客携去。

离开北平就没吃过糖葫芦，实在想念。近有客自北平来，说起糖葫芦，据称在北平这种不属于任何一个阶级的食物几已绝迹。他说我们在台湾自己家里也未尝不可试做，台湾虽无山里红，其他水果种类不少，沾了冰糖汁，放在一块涂了油的玻璃板上，送入冰箱冷冻，岂不即可等着大嚼？他说他制成之后将邀我共尝，但是迄今尚无下文，不知结果如何。

馋

梁实秋

馋，在英文里找不到一个十分适当的字。罗马暴君尼禄，以至于英国的亨利八世，在大宴群臣的时候，常见其撕下一根根又粗又壮的鸡腿，举起来大嚼，旁若无人，好一副饕餮相！但那不是馋。埃及废王法鲁克，据说每天早餐一口气吃二十个荷包蛋，也不是馋，只是放肆，只是没有吃相。对有某一种食物有所偏好，于是大量地吃，这是贪多无厌。馋，则着重在食物的质，最需要满足的是品味。上天生人，在他嘴里安放一条舌，舌上还有无数的味蕾，教人焉得不馋？馋，基于生理的要求；也可以发展成为近于艺术的趣味。

也许我们中国人特别馋一些。“馋”字从食，“毚”声。“毚”音“馋”，本义是狡兔，善于奔走，人为了口腹之欲，不惜多方奔走以膏馋吻，所谓“为了一张嘴，跑断两条腿”。真正的馋人，为了吃，决不懒。我有一位亲戚，属汉军旗，又穷又馋。一日傍晚，大风雪，老头子缩头缩脑偎着小煤炉子取暖。他的儿子下班回家，顺路市得四只鸭梨，以一只奉其父。父得梨，大喜，当即啃了半只，随后就披衣戴帽，拿着一只小碗，冲出门外，在风雪交加中不见了人影。他的儿子只听得大门哐啷一声响，追已无及。越一小时，老头子托着小碗回来了，原来他是要吃榅桲拌梨丝！从前酒席，一上来就是四干、四鲜、四蜜饯，榅桲、鸭梨是现成的，饭后一盘榅桲拌梨丝别有风味（没有鸭梨的时候白菜心也能代替）。这老头子吃剩半个梨，突然想起此味，乃不惜于风雪之中奔走一小时。这就是馋。

人之最馋的时候是在想吃一样东西而又不可得的那一段期间。希腊神话中之谭塔勒斯，水深及颚而不得饮，果实当前而不得食，饿火中烧，痛苦万状，他的感觉不是馋，是求生不成求死不得。馋没有这样的严重。人之犯馋，是在饱暖之余，眼看着、回想起或是谈论到某一美味，喉头像是有馋虫搔抓作痒，只好干咽唾沫。一旦得遂所愿，恣情享受，浑身通泰。抗战七八年，我在后方，真想吃故都的食物，人就是这个样子，对于家乡风味总是念念不忘，其实“千里莼羹，未下盐豉”也不见得像传说的那样迷人。我曾痴想北平羊头肉的风味，想了七八年；胜利还乡之后，一个冬夜，听得深巷卖羊头肉小贩的吆喝声，立即从被窝里爬出来，把小贩唤进门洞，我坐在懒凳上看着他于暗淡的油灯照明之下，抽出一把雪亮的薄刀，横着刀刃片羊脸子，片得飞薄，然后取出一只蒙着纱布的羊角，撒上一些椒盐。我托着一盘羊头肉，重新钻进被窝，在枕上一片一片地把羊头肉放进嘴里，不知不觉地进入了睡乡，十分满足地解了馋瘾。但是，老实讲，滋味虽好，总不及在痴想时所想像的香。我小时候，早晨跟我哥哥步行到大鹁鸽市陶氏学堂上学，校门口有个小吃摊贩，切下一片片的东西放在碟子上，洒上红糖汁、玫瑰木樨，淡紫色，样子实在令人馋涎欲滴。走近看，知道是糯米藕。一问价钱，要四个铜板，而我们早点费每天只有两个铜板。我们当下决定，饿一天，明天就可以一尝异味。所付代价太大，所以也不能常吃。糯米藕一直在我心中留下不可磨灭的印象。后来成家立业，想吃糯米藕不费吹灰之力，餐馆里有时也有供应，不过浅尝辄止，不复有当年之馋。

馋与阶级无关。豪富人家，日食万钱，犹云无下箸处，是因为他这种所谓饮食之人放纵过度，连馋的本能和机会都被剥夺了，他不是馋，也不是太馋，他麻木了，所以他就要千方百计地在食物方面寻求新的材料、新的刺激。我有一位朋友，湖南桂东县人，他那偏僻小县却因乳猪而著名，他告我说每年某巨公派人前去采购乳猪，搭飞机运走，充实他的郇厨。烤乳猪，何地无之？何必远求？我还记得有人治寿筵，客有专诚献“烤方”者，选尺余见方的细皮嫩肉的猪臀一整块，用铁钩挂在架上，以炭火燔炙，时而武火，时而文火，烤数小时而皮焦肉熟。上桌时，先是一盘脆皮，随后是大薄片的白肉，其味绝美，与广东的烤猪或北平的炉肉风味不同，使得一桌的珍馐相形见绌。可见天下之口有同嗜，普通的一块上好的猪肉，苟处理得法，即快朵颐。像《世说新语》所谓，王武子家的蒸豚，乃是以人乳喂养的，实在觉得多此一举，怪不得魏武未终席而去，人是肉食动物，不必等到“七十者可以食肉矣”，平素有一些肉类佐餐，也就可以满足了。

北平人馋，可是也没听说有谁真个馋死，或是为了馋而倾家荡产。大抵好吃的东西都有个季节，逢时按节地享受一番，会因自然调节而不逾矩。开春吃春饼，随后黄花鱼上市，紧接着大头鱼也来了，恰巧这时候后院花椒树发芽，正好掐下来烹鱼。鱼季过后，青蛤当令。紫藤花开，吃藤萝饼；玫瑰花开，吃玫瑰饼；还有枣泥大花糕。到了夏季，“老鸡头才上河哟”，紧接着是菱角、莲蓬、藕、豌豆糕、驴打滚、爱窝窝，一起出现。席上常见水晶肘，坊间唱卖烧羊肉，这时候嫩黄瓜、新蒜头应时而至。秋风一起，先闻到糖炒栗子的气味，然后就是炰烤涮羊肉，还有七尖八团的大螃蟹。“老婆老婆你别馋，过了腊八就是年。”过年前后，食物的丰盛就更不必细说。一年四季的馋，周而复始的吃。

馋非罪，反而是胃口好、健康的现象，比食而不知其味要好得多。

藕与莼菜

叶圣陶①

同朋友喝酒，嚼着薄片的雪藕，忽然怀念起故乡来了。若在故乡，每当新秋的早晨，门前经过许多的乡人：男的紫赤的臂膊和小腿肌肉突起，躯干高大且挺直，使人起康健的感觉；女的往往裹着白地青花的头布，虽然赤脚，却穿短短的夏布裙，躯干固然不及男的这样高，但是别有一种康健的美的风致；他们各挑着一副担子，盛着鲜嫩玉色的长节的藕。在藕的家乡的池塘里，在城外曲曲弯弯的小河边，他们把这些藕一濯再濯，所以这样洁白了。仿佛他们以为这是供人体味的高品的东西，这是清晨的图画里的重要题材，假若满涂污泥，就把人家欣赏的浑凝之感打破了；这是一件罪过的事情，他们不愿意担在身上，故而先把它们濯得这样洁白了，才挑进城里来。他们想要休息的时候，就把竹扁担

①叶圣陶（1894—1988），作家、教育家、出版家。作品满蕴悲悯，落笔藏而不露。被誉为『优秀的语言艺术家』。

横在地上，自己坐在上面，随便拣择担里的过嫩的藕枪或是较老的藕朴，大口地嚼着解渴。过路的人便站住了，红衣衫的小姑娘拣一节，白头发的老公公买两支。清淡的甘美的滋味于是普遍于家家且人人了。这种情形，差不多是平常的日课，直要到叶落秋深的时候。

在这里，藕这东西几乎是珍品了。大概也是从我们的故乡运来的，但是数量不多，自有那些伺候豪华公子硕腹巨贾的帮闲茶房们把大部分抢去了；其余的便要供在大一点的水果铺子里，位置在金山苹果、吕宋香芒之间，专善待价而沽。至于挑着担子在街上叫卖的，也并不是没有，但不是瘦得像乞丐的臂腿，便涩得像未熟的柿子，实在无从欣羡。因此，除了仅有的一回，我们今年竟不曾吃过藕。

这仅有的一回不是买来吃的，是邻舍送给我们吃的。他们也不是自己买的，是从故乡来的亲戚带来的。这藕离开它的家乡大约有好些时候了，所以不复呈玉样的颜色，却满被着许多锈斑。削去皮的时候，刀锋过处，很不顺爽。切成了片，送入口里嚼着，颇有点甘味，但没有一种鲜嫩的感觉，而且似乎含了满口的渣，第二片就不想吃了。只有孩子很高兴，他把这许多片嚼完，居然有半点钟工夫不再作别的要求。

因为想起藕，又联想到莼菜。在故乡的春天，几乎天天吃莼菜，它本来没有味道，味道全在于好的汤。但这样嫩绿的颜色与丰富的诗意，无味之味真足令人心醉呢。在每条街旁的小河里，石埠头总歇着一两条没篷船，满舱盛着莼菜，是从太湖里去捞来的。像这样地取求很便，当然能得日餐一碗了。

而在这里又不然；非上馆子，就难以吃到这东西。我们当然不上馆子，偶然有一两回去扰朋友的酒席，恰又不是莼菜上市的时候，所以今年竟不曾吃过。直到最近，伯祥的杭州亲戚来了，送他几瓶装瓶的西湖莼菜，他送我一瓶，我才算也尝了新了。

向来不恋故乡的我，想到这里，觉得故乡可爱极了。我自己也不明白，为什么会起这么深浓的情绪？再一思索，实在很浅显的：因为在故乡有所恋，而所恋又只在故乡有，便萦着系着不能离舍了。譬如亲密的家人在那里，知心的朋友在那里，怎得不恋恋？怎得不怀念？但是仅仅为了爱故乡吗？不是的，不过在故乡的几个人把我们牵着罢了。若无所牵，更何所恋念？像我现在，偶然被藕与莼菜所牵，所以就怀念起故乡来了。

所恋在那里，那里就是我们的故乡了。

扬州庖厨

曹聚仁[①]

昔日扬州，生活豪华。扬州的吃，就是盐商培养起来的。扬州盐商几乎每一家都有头等好厨师，都有一样著名的拿手好菜或点心。盐商请客到各家借厨师，每一个厨师，做一个菜，凑成一整桌。我教书的那家吴家，他家的干炒茄子，是我一生吃过最入味的。我的朋友洪逵家的狮子头，也是扬州名厨做的，一品锅四个狮子头，每一个总有菜碗那么大，确实不错。

李斗在他那丰富的地方志《扬州画舫录》中，就说过：

> "烹饪之技，家庖最胜，如吴一山炒豆腐，田雁门走炸鸡，江郑堂十样猪头，汪南溪拌鲟鳇，施胖子梨丝炒肉，张四回子全羊，汪银山没骨鱼，江文密蛼螯饼，管大骨董汤、鮆鱼糊涂，孔讱庵螃蟹面，文思和尚豆腐，小山和尚马鞍桥，风味皆臻绝胜。"

当然，名庖也是代有杰出，如张东官所做

① 曹聚仁（1900—1972），记者、作家。浙江浦江人。抗日救国会领导人之一，曾报道淞沪战役、台儿庄之捷。

“肥鸡火熏白菜”“肘子肉”是乾隆皇帝所爱吃，赏了二个银锞的。《画舫录》还说到富贵游家，以大船载酒，数艘并集，衔尾以进，至虹桥外，乃可放舟，宾客喧阗。

……

有人说：一位穷书生，娶了一位盐商丫鬟为妻，要她炒一碟韭黄肉丝。那丫鬟摇摇头，说穷书生吃不起。原来那碟韭黄肉丝是要十只猪的面肉切成的。后来总算做成了那菜，书生吃了一筷，连着自己的舌头吞下去了。这当然是笑话，可是扬州厨子，也得有好材料才行，一位北京厨师在莫斯科餐厅叹气，便是这个道理。

朱自清谈到扬州的吃，他说，北京平常提到江苏菜，总想着是甜甜的、腻腻的，吃了淮扬菜，才知道并不如此。真正油重的是镇江菜。扬州菜，让盐商家厨师做起来，虽不如山东菜的清淡，却也滋润、利落，绝不腻嘴腻舌。不但味道鲜美，颜色也清丽悦目。

扬州又以面馆著名，好在汤味醇厚，是所谓白汤。由种种汤的东西如鸡鸭鱼肉等熬成，好在它的厚，和熊掌一般；也有清汤，就是一味鸡汤。《画舫录》称：“城内食肆多附于面馆。面有大连、中碗、重二之分。夏用半汤，谓之过桥。冬用满汤，谓之大连。面有浇头，以长鱼、鸡、猪为三鲜。

大东门有如意馆、席珍；小东门有玉鳞、桥园。西门有方解、林店……皆此类也。”

徽人于河下街卖松毛包子，名徽包店（这便是上海面店中的苏式汤包松毛垫底，一碗蛋皮丝清汤，配合着吃）。因仿岩镇街没骨鱼面，名其店曰合鲭，盖以鲭鱼为面也。仿之者有槐叶楼火腿面。合鲭复改为坡儿上之玉坡，遂以鱼面胜。徐凝门问鹤楼以螃蟹面胜，其最甚者，鳇鱼鳞鳌斑鱼羊肉诸大连，一碗面的钱，就等于中人一日之用了（内行的人吃面要大煮，大煮入味）。

扬州人爱上茶馆和浴室，所谓“早晨皮包水，晚上水包皮”是也。说起茶馆，就不能不谈谈茶馆里的著名点心包饺、干丝。朱先生说：扬州的小笼点心，肉馅儿的，蟹肉馅儿的，笋肉馅儿的；且不用说最可口的菜包子、菜烧卖，还有干菜包子，菜选那最嫩的，剁成泥，加一点糖，一点油，蒸得白生生的，热腾腾的，到口轻松地化下去了，留下一丝余味。干菜也是切碎，也是加一点糖和油，燥湿恰到好处，细细地咬嚼，可以嚼出一点橄榄般的回味来。

烫干丝，是先将一大块方的白豆腐干，飞快地片成薄片，再切成细丝，放在小碗里，用开水一浇，干丝便熟了；逼去了水，抟成圆锥似的，再倒上麻酱油，搁一撮虾米和笋干丝就成。四十年前，我在南京秦淮河的六朝居吃过，一碟干丝，加上小笼包饺和肴肉，这就是扬州茶馆的特色。

今日香港人士，称大陆来的人，除了广东人之外，都称“上海人”。因之，称扬州菜，也便是上海菜。这真叫扬州人气煞，上海人笑煞。（所谓上海馆子，包饺不错的，肴肉地道的有，只有烫干丝不行，入口如柴杆，没味。这也是一种技艺。）九龙有一家菜馆，叫“绿杨村”，说是扬州的老馆子，翻开菜单来一看，又是扬州名菜，这可把成都人气煞了。在香港，一盘菠萝牛柳，可算是西式中菜，也可说是中式西菜，广东馆子有，川扬馆子有，北京馆子也有。在香港吃扬州菜，就是这么一回事。

冬天

朱自清

说起冬天，忽然想到豆腐。是一“小洋锅”（铝锅）白水煮豆腐，热腾腾的。水滚着，像好些鱼眼睛，一小块豆腐养在里面，嫩而滑，仿佛反穿的白狐大衣。锅在“洋炉子”上和炉子都熏得乌黑乌黑，越显出豆腐的白。这是晚上，屋子老了，虽点着“洋灯”，也还是阴暗。围着桌子坐的是父亲跟我们哥儿三个。“洋炉子”太高了，父亲得常常站起来，微微地仰着脸，觑着眼睛，从氤氲的热气里伸进筷子，夹起豆腐，一一地放在我们的酱油碟里。我们有时也自己动手，但炉子实在太高了，总还是坐享其成的多。这并不是吃饭，只是玩儿。父亲说晚上冷，吃了大家暖和些。我们都喜欢这种白水豆腐，一上桌就眼巴巴望着那锅，等着那热气，等着热气里从父亲筷子上掉下来的豆腐。

又是冬天，记得是阴历十一月十六日晚上，跟S君P君在西湖里坐小划子。S君刚到杭州教书，事先来信说：“我们要游西湖，不管它是冬天。”那晚月色真好，现在想起来还像照在身上。本来前一晚上“月当头”，也许十一月的月亮真有些特别吧。那时九点多了，湖上似乎只有我们一只划子。有点风，月光照着软软的水波，当间那一溜儿反光，像新砑的银子。湖上的山只剩了淡淡的影子。山下偶尔有一两星灯光。S君口占两句诗道：“数星灯光认渔村，淡墨轻描远黛痕。”我们都不大说话，只有均匀的桨声。我渐渐地快睡着了。P君“喂”了一下，才抬起眼皮，看见他在微笑。这已是十多年前的事了，S君还常常通着信，P君听说转变了好几次，前年是在一个特税局里收税了，以后便没有消息。

在台州过了一个冬天，一家四口子。台州是个山城，可以说在一个大谷里。只有一条二里长的大街。别的路上白天简直不见人；晚上一片漆黑，偶尔人家窗户里透出一点灯光，还有走路的拿着火把，但那是少极了。我们住在山脚下。有的是山上松林里的风声，跟天上一只两只的鸟影。夏末到那里，春初便走，却好像老在过着冬天似的；可是即便真冬天也并不冷。我们住在楼上，书房临着大路；路上有人说话，可以清清楚楚地听见。但因为走的人太少了，间或有点说话的声音，听起来还只当远风送来的，想不到就在窗外。我们是外路人，除上学校去之外，常只在家里坐着。妻也惯了那寂寞，只和我们爷儿们守着。外边虽老是冬天，家里却老是春天。有一回我上街去，回来的时候，楼下厨房的大方窗开着，并排地挨着她们母子三个；三张脸都带着天真微笑地向着我。似乎台州空空的，只有我们四人；天地空空的，也只有我们四人。那时是民国十年，妻刚从家里出来，满自在。现在她死了快四年了，我却还老记得她那微笑的影子。

无论怎么冷，大风大雪，想到这些，我心上总是温暖的。

伍

肚大能容，肠宽无忧

老汤驴肉开锅香

唐鲁孙

前几天有朋友告诉我，在台北永和竹林路，有家北方人开的小饭馆叫来来顺，有驴肉卖，做法分卤煮、椒盐两种，驴肉是从北美直接进口的，每天能卖一百多斤，每斤四百元，顾客以直①鲁豫三省人士较多，希望我去尝试一番。

谈到驴肉，北方的人对驴肉都有特嗜，尤其鲁东各县更为流行。当年北平有一种背着木头柜子，沿街叫卖熟肉的小贩，分“红柜子”“白柜子”两种。红柜子专卖猪内脏、猪下水，附带发面小火烧、煮鸡子儿（北方管鸡蛋叫鸡子儿），木柜漆得红如渥丹，所以叫红柜子。卖羊头肉、五香牛肉、椒盐驴肉，都属于白柜子，听老一辈儿的人说卖羊头肉、五香牛肉所用的柜子，都是白碴木头不上漆，所以叫白柜子。至于卖驴肉的，虽然也属于白柜子一行，可是驴肉总归不算一种正常肉食，所以只能用藤条编的筐子，而且掌灯后才准上街叫卖。到了北洋政府，军阀当权时期，嗜食驴肉者多，汤锅天天有驴肉

①直即直隶省，今河北省。

卖，而沿街叫卖小贩卜昼卜夜，就不完全夜行了。

据此中老饕们谈：“驴肉比牛肉味道香腴，含热量高，肉的纤维细而无筋，冬季吃驴肉可以暖肚防寒。”

北平卖驴肉的还附带卖驴肾，一律盘在筐底，有主顾买，才拿出来切，因为切出来像铜钱，因此叫“钱儿肉”，切时多采斜切，故此又叫“斜切”。有一广西百色姓廖的朋友，最喜欢吃些稀奇古怪的东西，有一年到北平来探亲，听说北平有汤驴肉可吃，辗转打听到天桥西市场，有一家竹楼茶馆，楼下象棋，二楼围棋，要吃驴肉请登三楼。三楼不过十多个座头，把五毛钱放在桌中间，另再放两毛钱在右手边，伙计就会心照不宣带您下楼到汤锅店去指什么地方，割什么地方，然后下锅烹炒。因为当年官厅所谓段儿上的，就是警察派出所，对于天桥一带鱼龙混杂，管理特严，驴肉可以大明大摆地叫卖，可是汤驴，就为法不许了。廖君并不一定喜欢吃驴肉，只是好奇而已，可是看了汤驴作坊惨不忍睹的过程，连竹楼也没敢回，就扬长而去了。

山东潍县诸城，平素卖猪肉朝天锅，一交立冬，就有所谓牛肉老锅、驴肉老锅上市了，当地人叫老锅，其实就是原汤原味。老锅容量，都是深而且大，最少也能炖上二三十斤净肉，锅台前摆满了长条凳，锅内煮的是肥瘦兼备的牛肉或驴肉，油润润、香喷喷、热腾腾的，真有引得人闻香下马，知味停车的感受。锅前摆满了瓶瓶罐罐，酸咸麻辣五味俱全，任客自取，锅边四围煨着发面火烧，让肉汤随时浸润着。肉要偏肥偏瘦，汤要油大油小要关照掌柜的一声，无不照主顾的嗜好，盛好送到面前，让您大快朵颐。有些赶集的朋友，甚至于带一瓦罐老汤回去。当年清史馆馆长柯劭忞认为驴肉老汤，加大白菜、豆腐、粉条做成的大锅菜，比吃什么上食珍味，都来得好吃落胃。

北方乡间有若干地方是不吃牛肉的，在朔风凛冽的冬天，有些富贵人家，做一大锅驴肉粉丝白菜，再做几个肉丸子搁在锅里同煮，请家中雇工吃顿犒劳。让他们兴高采烈、狼吞虎咽大吃一顿，第二天的工作必定是特别起劲，而且出活儿。那都是老汤驴肉的魔力呢！

青岛早年名票李宗义，老生老旦戏都不错（后来下海），他在青岛有一次堂会戏上，有一出《青石山》，饰演吕洞宾接剑斩狐唱砸了，他跟人打听，说是北平老生扎金奎对这出戏有独到之处，而且能演这出戏的“奞瓢子”，唱“唢呐”特别够味。他于是不惜重金到北平礼聘扎金奎到青岛来给他仔细说说。他们相处两个月，非常融洽，扎要买一根潍县名产嵌银丝手杖，他顺便陪扎到潍县去买。有一天走累了，偶然吃了一次驴肉朝天锅，几两白干、驴肉老汤泡火烧，把个扎金奎吃得津津有味，认为这是天下第一美味。回到北平，逢人夸赞，后来逗得毛盛戎（毛世来三哥，唱花脸，给世来管事）撺掇毛世来到青岛唱了一期营业戏。回到北平，毛三说："这趟青岛收入虽不怎样，可是老汤驴肉泡火烧可啃足了。"后来北平梨园行朋友到了山东都要尝尝老汤驴肉，现在台北、永和的来来顺有驴肉买，不知道梨园行有哪几位爱吃驴肉的朋友尝过鲜了。

请客

梁实秋

常听人说：“若要一天不得安，请客；若要一年不得安，盖房；若要一辈子不得安，娶姨太太。”请客只有一天不得安，为害不算太大，所以人人都觉得不妨偶一为之。

所谓请客，是指自己家里邀集朋友便餐小酌，至于在酒楼饭店“铺筵席，陈尊俎”，呼朋引类，飞觞醉月，享用的是金樽清酒、玉盘珍羞，最后一哄而散，由经手人员造账报销，那种宴会只能算是一种病狂或是罪孽，不提也罢。

妇主中馈，所以要请客必须先归而谋诸妇。这一谋，有分教，非十天半月不能获致结论，因为问题牵涉太广，不能一言而决。

首先要考虑的是请什么人。主客当然早已内定，陪客的甄选大费酌量。眼睛生在眉毛上边的宦场中人，吃不饱饿不死的教书匠，一身铜臭的大腹贾，小头锐面的浮华少年……若是聚在一个桌上吃饭，便有些像是鸡兔同笼，非常勉强。

把素未谋面的人拘在一起，要他们有说有笑，同时食物都能顺利地从咽门下去，也未免强人所难。主人从中调处，殷勤了这一位，怠慢了那一位，想找一些大家都有兴趣的话题亦非易事。所以客人需要分类，不能鱼龙混杂。客的数目视设备而定，若是能把所有该请的客人一网打尽，自然是经济算盘，但是算盘亦不可打得太精。再大的圆桌面也不过能坐十三四个体态中型的人。说来奇怪，客人单身者少，大概都有宝眷，一请就是一对，一桌只好当半桌用。有人请客广发笺帖，心想总有几位心领谢谢，万想不到人人惠然肯来，而且还有一位特别要好带来一个七八岁的小宝宝！主人慌忙添座，客人谦让：“孩子坐我腿上！”大家挤挤攘攘，其中还不乏中年发福之士，把圆桌围得密不透风，上菜需飞越人头，斟酒要从耳边下注，前排客满，主人在二排敬陪。

拟菜单也不简单。任何家庭都有它的招牌菜，可惜很少人肯用其所长，大概是以平素见过的饭馆酒席的局面作为蓝图。家里有厨师厨娘，自然一声吩咐，不再劳心，否则主妇势必亲自下厨操动刀俎。主人多半是擅长理论，真让他切葱剥蒜都未必能够胜任。所以拟订菜单，需要自知之明，临时“钻锅”翻看食谱未必有济于事。四冷荤，四热炒，四压桌，外加两道点心，似乎是无可再减，大鱼大肉，水陆杂陈，若不能使客人连串地打饱嗝，不能算是尽兴。菜单拟订的原则是把客人一个个地填得嘴角冒油。而客人所希冀的也往往是一场牙祭。有人以水饺宴客，馅子是猪肉菠菜，客人咬了一口，大叫："哟，里面怎么净是青菜！"一般人还是欣赏肥肉厚酒，管它是不是烂肠之食！

宴客的吉日近了，主妇忙着上菜市，挑挑拣拣，拣拣挑挑，又要物美又要价廉，装满两个篮子，半途休憩好几次才能气喘汗流地回到家。泡的，洗的，剥的，切的，闹哄一两天，然后丑媳妇怕见公婆也不行，吉日到了。客人早已折简相邀，难道还会不肯枉驾？不，守时不是我们的传统。准时到达，岂不像是"头如穹庐咽细如针"的饿鬼？要让主人干着急，等他一催请再催请，然后徐徐命驾，姗姗来迟，这才像是大家风范。当然朋友也有特别性急而提早莅临的，那也使得主人措手不及，慌成一团。客人的性格不一样，有人进门就选一个比较最好的座位，两脚高架案上，真是宾至如归；也有人寒暄两句便一头扎进厨房，声称要给主妇帮忙，系着围裙伸着两只油手的主妇连忙谦谢不迭。等到客人到齐，无不饥肠辘辘。

落座之前还少不了你推我让的一幕。主人指定座位，时常无效，除非事先摆好名牌，而且写上官衔，分层排列，秩序井然。敬酒按说是主人的责任，但是也时常有热心人士代为执壶，而且见杯即斟，每斟必满。不知是什么时候什么人兴出来的陋习，几乎每个客人都会双手举杯齐眉，对着在座的每一位客人敬酒，一霎间敬完一圈，但见杯起杯落，如“兔儿爷捣碓”。不喝酒的也要把汽水杯子高高举起，虚应故事，喝酒的也多半是狞眉皱眼地抿那么一小口。一大盘热乎乎的东西端上来了，像翅羹，又像糨糊，一人一勺子，盘底花纹隐约可见，上面洒着的一层芫荽不知被哪一位像芟除毒草似的拨到了盘下，又不知被哪一位从盘下夹到嘴里吃了。还有人坚持海味非蘸醋不可，高呼要醋，等到一碟“忌讳”送上台面，海味早已不见了。菜是一道道地上，上一道客人喊一次“太丰富，太丰富”，然后埋头大嚼，不敢后人。主人照例谦称：“不成敬意，家常便饭。”心直口快的客人就许提出疑问：“这样的家常便饭，怕不要吃穷了？”主人也只好扑哧一笑而罢。将近尾声的时候，大概总有一位要先走一步，因为还有好几处应酬。这时候主妇踱了进来，红头涨脸，额角上还有几颗没揩干净的汗珠，客人举起空杯向她表示慰劳之意，她坐下胡乱吃一些残羹剩炙。

席终，香茗水果伺候，客人靠在椅子上剔牙，这时节应该是客去主人安了。但是不，大家雅兴不浅，谈锋尚健，饭后磕牙，海阔天空，谁也不愿首先言辞，致败人意。最后大概是主人打了一个哈欠而忘了掩口，这才有人提议散会。天下无不散之筵席，奈何奈何？不要以为席终人散，立即功德圆满，地上有无数的瓜子皮，纸烟灰，桌上杯碟狼藉，厨房里有堆成山的盘碗锅勺，等着你办理善后！

山鸡

王世襄

山鸡，又称野鸡或雉鸡，全国分布很广，自古以来为山珍佳肴。

我儿时就对它感兴趣，倒不是为了美味，而喜欢雄雉的长尾，拔下来插在帽子上，左摇右晃，自以为是群英会的周瑜了。过年亲戚家派老家人去各家送礼，四色之中有成对的山鸡。转眼之间，连有待送往他家的雄雉长尾也被我拔了下来，为的是凑成两根翎子。秃尾巴山鸡怎好当礼送，到处惹事，真成了“七岁八岁狗都嫌”了。淘气而害得老家人为难，该打屁股。

山鸡有多种吃法，袁子才《随园食单》就提到了六种：用网油包放在铁具上烤、切片炒、切丁炒、整只煨、油炸后拆丝凉拌、火锅涮。不过我以为最能突出其肥嫩细腻、一种家鸡所不具有的特殊香味而操作又简便的是切片炒。切丁炒甜酱瓜丁亦属可行，但只限于山鸡腿。因腿肉不甚洁白而且难切成片，故不妨这样做。如用胸脯炒便是大材小用了。当今餐馆喜欢将山鸡和猪肥膘捣成茸，然后炸或蒸，加工添料越多越吃力不讨好，吃起来分不出是山鸡还是家鸡了。

过去北京冬季山鸡易得，但有个缺憾，时或有一种不悦人的异味，据说产自塞北围场．因吃了有气味草籽的缘故。无上佳品当数江南刚猎到的山鸡，使我难忘的口福有两次。

一九五六年冬出差皖南屯溪访书，下车到街口便看到金黄色皮壳的冬笋，已使我心动。接着又碰到老乡肩搭体有余温的山鸡。于是一齐买下，和饭摊的老板商量好，让我炒一个冬笋山鸡片。和我同行的是一位孔门之后，平日虽很进步积极，但潜在的旧意识尚未改造好，故欣然和我共飨这一顿美餐。如果同行的是一位严格要求生活守纪律的干部，我就不敢如此放肆了。

一九七〇年在湖北咸宁干校，因肺结核未愈，派我驱牛看守菜地。听到山坡外火枪响，跑去买了一只肥大雄山鸡。连忙挖了一些野荠菜，偷偷到老乡家借用灶火正正规规地炒了一盘荠菜山鸡片。鸡脯片用蛋清、芡粉、盐浆好，温油滑过。荠菜水焯切末，炒后再下滑好的鸡片，雪白翠绿，香浓而清，如此新鲜的原料，任何大餐馆也难吃到。自信比江苏的炒法加酱油好看，比安徽的炒法芥菜围在四周，不和鸡片混炒好吃。

北京市上死山鸡现已绝迹，当和保护野生动物有关。但有活的出售，乃经人工繁殖，每对人民币一百二十元。以香港的标准来说，不过是一只大闸蟹的价钱，不算贵。但我看只宜养在庭院观赏，把如此美丽的山禽杀来吃，太煞风景了。

前年香港朋友请我到中环一家著名法式餐馆吃红焖山鸡，肉干如柴，味同嚼蜡；乃冷冻太久之过。可见香港名餐馆也有完全不及格的菜肴。

炒米和焦屑

汪曾祺

小时读《板桥家书》:“天寒冰冻时暮，穷亲戚朋友到门，先泡一大碗炒米送手中，佐以酱姜一小碟，最是暖老温贫之具”，觉得很亲切。郑板桥是兴化人，我的家乡是高邮，风气相似。这样的感情，是外地人们不易领会的。炒米是各地都有的。但是很多地方都做成了炒米糖。这是很便宜的食品。孩子买了，咯咯地嚼着。四川有“炒米糖开水”，车站码头都有得卖，那是泡着吃的。但四川的炒米糖似也是专业的作坊做的，不像我们那里。我们那里也有炒米糖，像别处一样，切成长方形的一块一块。也有搓成圆球的，叫作“欢喜团”。那也是作坊里做的。但通常所说的炒米，是不加糖黏结的，是“散装”的；而且不是作坊里做出来，是自己家里炒的。

说是自己家里炒，其实是请了人来炒的。炒炒米也要点手艺，并不是人人都会的。入了冬，大概是过了冬至吧，有人背了一面大筛子，手执长柄的铁铲，大街小巷地走，这就是炒炒米的。有时带一个助手，多半是个半大孩子，是帮他烧火的。请到家里来，管一顿饭，给几个钱，炒一天。或二斗，或半石；像我们家人口多，一次得炒一石糯米。炒炒米都是把一年所需一次炒齐，没有零零碎碎炒的。过了这个季节，再找炒炒米的也找不着。一炒炒米，就让人觉得，快要过年了。

装炒米的坛子是固定的，这个坛子就叫“炒米坛子”，不作别的用途。舀炒米的东西也是固定的，一般人家大都是用一个香烟罐头。我的祖母用的是一个“柚子壳”。柚子，——我们那里柚子不多见，从顶上开一个洞，把里面的瓤掏出来，再塞上米糠，风干，就成了一个硬壳的钵状的东西。她用这个柚子壳用了一辈子。

我父亲有一个很怪的朋友，叫张仲陶。他很有学问，曾教我读过《项羽本纪》。他薄有田产，不治生业，整天在家研究易经、算卦。他算卦用蓍草。全城只有他一个人用蓍草算卦。据说他有几卦算得极灵。有一家，丢了一只金戒指，怀疑是女佣偷了。这女佣人蒙了冤枉，来求张先生算一卦。张先生算了，说戒指没有丢，在你们家炒米坛盖子上。一找，果然。我小时就不大相信，算卦怎么能算得这样准，怎么能算得出在炒米坛盖子上呢？不过他的这一卦说明了一件事，即我们那里炒米坛子是几乎家家都有的。

炒米这东西实在说不上有什么好吃。家常预备，不过取其方便。用开水一泡，马上就可以吃。在没有什么东西好吃的时候，泡一碗，可代早晚茶。来了平常的客人，泡一碗，也算是点心。郑板桥说“穷亲戚朋友到门，先泡一大碗炒米送手中”，也是说其省事，比下一碗挂面还要简单。炒米是吃不饱人的。一大碗，其实没有多少东西。我们那里吃泡炒米，一般是抓上一把白糖，如板桥所说“佐以酱姜一小碟”，也有，少。我现在岁数大了，如有人请我吃泡炒米，我倒宁愿来一小碟酱生姜，——最好滴几滴香油，那倒是还有点意思的。另外还有一种吃法，用猪油煎两个嫩荷包蛋——我们那里叫做“蛋瘪子”，抓一把炒米和在一起吃。这种食品是只有“惯宝宝”才能吃得到的。谁家要是老给孩子吃这种东西，街坊就会有议论的。

我们那里还有一种可以急就的食品，叫做“焦屑”。煳锅巴磨成碎末，就是焦屑。我们那里，餐餐吃米饭，顿顿有锅巴。把饭铲出来，锅巴用小火烘焦，起出来，卷成一卷，存着。锅巴是不会坏的，不发馊，不长霉，攒够一定的数量，就用一具小石磨磨碎，放起来。焦屑也像炒米一样，用开水冲冲，就能吃了。焦屑调匀后成糊状，有点像北方的炒面，但比炒面爽口。

我们那里的人家预备炒米和焦屑，除了方便，原来还有一层意思，是应急。在不能正常煮饭时，可以用来充饥。这很有点像古代行军用的“糒”。有一年，记不得是哪一年，总之是我还小，还在上小学，党军（国民革命军）和联军（孙传芳的军队）在我们县境内开了仗，很多人都躲进了红十字会。不知道出于一种什么信念，大家都以为红十字会是哪一方的军队都不能打进去的，进了红十字会就安全了。红十字会设在炼阳观，这是一个道士观。我们一家带了一点行李进了炼阳观。祖母指挥着，特别关照，把一坛炒米和一坛焦屑带了去。我对这种打破常规的生活极感兴趣。晚上，爬到吕祖楼上去，看双方军队枪炮的火光在东北面不知什么地方一阵一阵地亮着，觉得有点紧张，也觉得好玩。很多人家住在一起，不能煮饭，这一晚上，我们是冲炒米、泡焦屑度过的。没有床铺，我把几个道士诵经用的蒲团拼起来，在上面睡了一夜。这实在是我小时候度过的一个浪漫主义的夜晚。

第二天，没事了，大家就都回家了。

炒米和焦屑和我家乡的贫穷和长期的动乱是有关系的。

吃与睡

苏青

我爱吃，也爱睡，吃与睡便是我的日常生活的享受。

说到吃，当然太贵的东西我吃不起，过于不清洁的东西我又不肯吃，所吃者无非在简单物事中略加讲究而已。早晨起来，我只吃一碗薄粥。粥用大米煮，洋籼之类便没有黏性。煮粥的时候，第一米要淘得干净，第二锅子也要洗净，不可有冷饭粢粑之类附着。宁波有一种细蔑淘箩，用以盛米，在满贮清水之大白瓷桶中淘洗数次，一边淘一边换水，约三次，米即粒粒洁白。以之入清水锅中，水不变色。于是用文火缓熬之，至看不清米粒为度。粥成，乘热而啜，略加淡竹盐少许，不食他菜。淡竹盐亦故乡带来，制法以食盐满塞淡竹中，埋入烧红灰堆里煨烘良久，迨竹烧焦后取出食盐，盐即坚硬呈棍状，略带灰黑色。食时以小洋刀刮之，盐粉散在粥面上，清香而有鲜味。据说其功能化痰，但不可使之潮湿耳。此项淡竹盐，上海虽也有买，但其色全白，粉状用瓶装，与纸包精盐一模一样，因此我是不大相信的。

中饭只有一菜一汤；没有菜，蛋炒饭也行。不过饭要烧得好些，松而软，回味起来有些带甜。有时候我在朋友家里吃饭，见他们菜虽多而饭不佳，则吃了之后常觉不大落位，非自到家中调些红枣百果羹之类吃吃不可。

我有一个秘诀，便是饭菜吃得不落位时，可以再吃些甜点心类以资补救。所谓点心，其第一要件当然是轻松稀薄，美于口而无不利于腹，换句话说便是质宜精而量宜少，在饥时食之可以疗饥，而饱时食之却不至过饱。对于这点，我是非常同情于广东点心的，尤其在茶室里那种吃法，一碟一眼眼，吃上十碟也不打紧。若是宁波人家，客人来了不是炒年糕一大盆，便是大肉馄饨鳝糊面，叫你吃不到半碗便觉油腻难受，却又不好意思不硬吃下去。这种厚味大量的点心其实应该称为“代饭”，吃它之后便可以不必另外再吃饭了。

我不爱做菜，却欢喜自己动手弄些点心。有时候客人来了，人数不多只两三个，大家谈了一会儿，谈得有兴时，我便问：“弄些什么点心吃吃吧！”假如她们同我客气，说是不吃，就要回去了，我便老大不开心，再不勉强挽留。但若是我的老朋友一定晓得我这脾气，她们会问我：“那么吃些什么呢？”于是我手舞足蹈，把家中所有的东西一一都讲出来请她们决定，大家想想究竟做那样点心来得好。往常我在家里总是放着不少的点心作料：桂圆、莲子、红枣、白果、牛奶、鸡蛋、可可、杏仁粉、圆子粉、西谷米等等都有，糯米、麦粉以及面类则更不成问题了，要做什么点心便可以做什么的。至于用具，我也是中西各种都有，锅啦，勺啦，刀啦，叉啦，杯啦，盆啦，大小匙啦……一时也说不尽。而且我把做点心盛点心的锅碗，决不肯同烧菜盛羹的混用，免得有油腻荤腥等气味存留着。我爱用各式各样的较精致的碗碟来摆点心，这样在吃起来时似乎更加会因好看而觉得美味了。不过此类碗碟以及其他用具等我也不是从店里拣新的全套的购来，乃是平日走过旧货公司或拍卖行时，偶然在橱窗里瞧见一二件合适的，便去买了来，洗涤清洁以后，再加煮沸，便可应用。这样积少成多，数年来也聚得不少了，五光十色，煞是美丽。又因其大小、式样、花纹、颜色而定该摆什么东西，有时候宾主之间意见不同，便把一样点心分装两盆，大家再行仔细观看比较，以判定谁的眼光近乎艺术。这类盆碗大抵质料很好，花纹也细致，虽不成套，正因其惟一而弥觉可贵。吃时我往往先自拣定一碗或一盆，然后客人各自拣定。以后次数多了，何人用何碗或何盆都有定规，不必主人分派或客人间互相推让客气了。

其实午后到我家来谈天的老朋友，往往来时先有吃点心的计划。她们预先估定我家恐怕缺乏某种作料，便在路上替我买了带来。于是一到之后，大家还不及三言两语便动手做起点心来。我们做麦粉点心不但注意吃时滋味，还要讲究它的式样。有时候做得太好了，舍不得吃，便放在桌上瞧瞧，直至它发酸带霉了非丢掉不可为止。

除了点心之外，我还爱吃零食。吃零食顶要紧的是细嚼缓咽，时拈时辍，否则宛如猪八戒吞人参果般，有何滋味？我是道地的乡下佬出身，对于沙利文糖果无多大爱恋，所喜者还在于采芝斋盐水胡桃之类。我一面啖零食，一面听朋友谈天，觉得其乐陶陶；否则便是边吃边写文章，也可以增精神而助文思。

晚饭时小菜，我是希望吃得好一些的。一天的奔波，夜里还得绞脑汁写东西，此餐非比别的，乃是慰劳再加鼓励。谚云：吃在广州，不过据我看来，广东小菜只好下酒，不能下饭。而且它的煮法，往往使食物失其本性滋味。牛肉片用菱粉拌过，再加酒渍，炒起来嫩滑是嫩滑的，就是很少牛肉味，吃起来与肉片、鸡片、田鸡片之类，都差不多。我平日吃小菜，欢喜清炖或简单的炒烧，十景式东西是不赞成的。其实做小菜也便当得很，第一东西要新鲜，与其买死鱼不如买新鲜青菜为佳。第二料理要好，拿瓶到糟坊里去买一元钱酱油常带苦味，我爱用舟山洛泗油，因为它的颜色淡而豆酱气味带得少。至于料酒，我是毫不吝惜地请头号花雕来屈就的。炉子里火光熊熊，锅里的油正沸着，于是把切得细细的肉丝倒下去炒几炒，然后筛酒一匝，则肉味松脆，其香无比。若是用二毛钱一杯的现成料酒，则是水分居多，倒入锅里好比加汤，加的意义便失掉了。还有一点须注意的，便是炒菜烧鱼必须火旺，煮汤烤肉则非文火不可。至于烧成以后的小菜颜色，也是很要紧的。

一个人的生活目的在于享受，我在没钱的时候，也能咬大饼充饥，一旦有了钱，便大半化到吃食上去了。我欢喜吃新奇的东西，常常自己发明尝试，做得好固然有趣，不好也能强咽下去。有时候自己想不出，便去打听人家，认为不错，回来便仿着烧煮，必要时且加改良。粤菜、闽菜、蜀菜我都会吃，但是一到生病的时候，我便想吃本乡菜了，尤其是乡下土产，儿时吃惯，想起来别有滋味。只有一件我愿意自居化外，就是宁波人在甜酸苦辣咸五味之中不能吃辣而易之以“臭”，臭乳腐、臭盐冬瓜之类，嗅之令人作呕，这个鄙人只好敬谢不敏了。

吃说得太多，现在该来讲睡，我以为睡只要酣畅而时间不必久长，我是每天平均算来恐怕还不到七小时的。

睡的时候，床上一定要有顶帐子。帐子白洋布做，暑天则改用白夏布。我的帐子洗得很勤，卧在床上看起来，宛如置身白雪堆中，上面又浮着一片白云似的，飘飘然，飘飘然，伴着我入梦。

棉被要薄匀匀的，长而且宽，睡在里面比较舒服。我乡人嫁女，常购余姚上等棉花弹成被头，色白质韧，堪耐久用，常于十余年后，视之犹洁白完好，不改样子，惟较硬而结实耳。上海棉花不知来自何处，前年我买过一条现成的，色虽白而质脆，买来不到两年，已经不堪用了。褥子可较厚，亦不宜过软。我生平不喜睡弹簧床，大概也是乡下佬习气，只要棕棚好一些便了。至于枕头，我也不大爱用木棉做的，尤其在夏天，以席草屑充其中作为枕芯，比较凉爽。又我们乡下有一种野草，不知何名，将其屑晒干后塞枕中，亦极合式。又有人用泡过茶叶晒燥塞枕头者，云枕之可以清目，则没有试过，不敢妄评。时下枕头样子多薄而阔大，我不喜欢；反之，我的枕头是细长而高的，大概因为我有鼻病，枕头过于低了便有鼻塞之虞的缘故吧。还有席子，我也爱用我乡土做的细篾席子，又滑又挺，凉气沁人。其他草席太粗，台湾席子又嫌太软，转身的时候，容易皱缩。

我睡觉，决不怕人打搅。帐子放下，此中自有小天地，任你帐外开无线电也罢，讲笑话也罢，打牌也罢，我总不注意听，也不故意装作没听见，所谓一只耳朵进一只耳朵出，毫不关心，故时候到了，自能酣然入睡。不知在什么时候，我曾经患过失眠症，全夜睡不着，直到天明才能朦胧合眼。但是我毫不心急，心想夜里不睡白天睡，不是一样的吗？横竖我是个闲人，又不必九点钟到了必须上写字间办公。这样任他下去，不久便自好了，以后再不曾患失眠过。

现在我的睡眠绝无定时，黄昏疲倦了，便攒入帐去，醒来之后吃晚饭，晚饭后啜茶片刻，就写文章或看看书。文章写出，或者书不要看了，再攒进帐子酣睡片刻。醒后再出来，疲倦了再睡，这样夜必数起，直到天将亮才蒙被而卧，不到日高三丈决不肯起床。午睡也没有一定，没有事做便去闭目养神片刻；有人来谈天了，便再也不想睡；看话剧电影去了，也是如此。

我的梦，常常是可爱的。它不是现实的反映，而是理想的构成。我常常梦着自己驾片舟泛游于湖水之上，也常常梦着母亲，蓬着花白的头发，在慈爱地替我梳小辫子。顶使我奇怪的是，我的梦中回忆常限于十年以前的事，十年以来的结婚生活，我却从来也没有梦过一次。我的热情也许早已埋葬了吧？就是在春天的夜里，我也不做桃色的梦。

我爱吃，也爱睡，我把它们当作生活的享受，而从不想到这些竟是卫生所必需。老实说，我可是从不恋生，虽然也并不想死，假如我必须死，而死又必须经过病的阶段的话，那么就让我患一种肺病死吧，慢慢地吃上几年，最后才像酣睡般死去。

南北的点心

周作人

中国地大物博，风俗与土产随地各有不同，因为一直缺少人纪录，有许多值得也是应该知道的事物，我们至今不能知道清楚，特别是关于衣食住的事项。我这里只就点心这个题目，依据浅陋所知，来说几句话，希望抛砖引玉，有旅行既广，游历又多的同志们，从各方面来报道出来，对于爱乡爱国的教育，或者也不无小补吧。

我是浙江东部人，可是在北京住了将近四十年，因此南腔北调，对于南北情形都知道一点，却没有深厚的了解。据我的观察来说，中国南北两路的点心，根本性质上有一个很大的区别。简单的下一句断语，北方的点心是常食的性质，南方的则是闲食。我们只看北京人家做饺子馄饨面总是十分茁实，馅决不考究，面用芝麻酱拌，最好也只是炸酱；馒头全是实心。本来是代饭用的，只要吃饱就好，所以并不求精。若是回过来走到东安市场，往五芳斋去叫了来吃，尽管是同样名称，做法便大不一样，别说蟹黄包子、鸡肉馄饨，就是一碗三鲜汤面，也是精细鲜美的。可是有一层，这决不可能吃饱当饭，一则因为价钱比较贵，二则昔时无此习惯。抗战以后上海也有阳春面，可以当饭了，但那是新时代的产物，在老辈看来，是不大可以为训的。我母亲如果在世，已有一百岁了，她生前便是绝对不承认点心可以当饭的，有时生点小毛病，不喜吃大米饭，随叫家里做点馄饨或面来充饥，即使一天里仍然吃过三回，她却总说今天胃口不开，因为吃不下饭去，因此可以证明那馄饨和面都不能算是饭。这种论断，虽然有点儿近于武断，但也可以说是有客观的佐证，因为南方的点心是闲食，做法也是趋于精细鲜美，不取茁实一路的。上文五芳斋固然是很好的例子，我还可以再举出南方做烙饼的方法来，更为具体，也有意思。我们故乡是在钱塘江的东岸，那里不常吃面食，可是有烙饼这物事。这里要注意的，是烙不读作老字音，乃是“洛”字入声，又名为山东饼，这证明原来是模仿大饼而作的，但是烙法却大不相同了，乡间卖馄饨面和馒头都分别有专门的店铺，唯独这烙饼只有摊，而且也不是每天都有，这要等待那里有社戏，才有几个摆在戏台附近，供看戏的人买吃，价格是每个制钱三文，计油条价二文，葱酱和饼只要一文罢了。做法是先将原本两折的油条扯开，改作三折，在熬盘上烤焦，同时在预先做好的直径约二寸，厚约一分的圆饼上，满搽红酱和辣酱，撒上葱花，卷在油条外面，再烤一下，就做成了。它的特色是油条加葱酱烤过，香辣好吃，那所谓饼只是包裹油条的东西，乃是客而非主，拿来与北方原来的大饼相比，厚大如茶盘，卷上黄酱与大葱，大嚼一张，可供一饱，这里便显出很大的不同来了。

上边所说的点心偏于面食一方面，这在北方本来不算是闲食吧。此外还有一类干点心，北京称为饽饽，这才当作闲食，大概与南方并无什么差别。但是这里也有一点不同，据我的考察，北方的点心历史古，南方的历史新，古者可能还有唐宋遗制，新的只是明朝中叶吧。点心铺招牌上有常用的两句话，我想借来用在这里，似乎也还适当，北方可以称为"官礼茶食"，南方则是"嘉湖细点"。

我们这里且来作一点烦琐的考证，可以多少明白这时代的先后。查清顾张思的《土风录》卷六，"点心"条下云："小食曰点心，见《吴曾漫录》。唐郑傪为江淮留后，家人备夫人晨馔，夫人谓其弟曰：'治妆未毕，我未及餐，尔且可点心。'俄而女仆请备夫人点心，傪诟曰：'适已点心，今何得又请！'"由此可知点心古时即是晨馔。同书又引周辉

《北辕录》云："洗漱冠栉毕，点心已至。"后文说明点心中馒头、馄饨、包子等，可知说的是水点心，在唐朝已有此名了。茶食一名，据《土风录》云："干点心曰茶食，见宇文懋《昭金志》：'婿先期拜门，以酒撰往，酒三行，进大软脂小软脂，如中国寒具，又进蜜糕，人各一盘，曰茶食。'"《北辕录》云："金国宴南使，未行酒，先设茶筵，进茶一盏，谓之茶食。"茶食是喝茶时所吃的，与小食不同，大软脂，大抵有如蜜麻花，蜜糕则明系蜜饯之类了。从文献上看来，点心与茶食两者原有区别，性质也就不同，但是后来早已混同了。本文中也就混用，那招牌上的话也只是利用现代文句，茶食与细点作同意语看，用不着再分析了。

我初到北京来的时候，随便在饽饽铺买点东西吃，觉得不大满意，曾经埋怨过这个古都市，积聚了千年以上的文化历史，怎么没有做出些好吃的点心来。老实说，北京的大八件小八件，尽管名称不同，吃起来不免单调，正和五芳斋的前例一样，东安市场内的稻香春所做的南式茶食，并不齐备，但比起来也显得花样要多些了。过去时代，皇帝向在京里，他的享受当然是很豪华的，却也并不曾创造出什么来，北海公园内旧有"仿膳"，是前清御膳房的做法，所做小点心，看来也是平常，只是做得小巧一点而已。南方茶食中有些东西，是小时候熟悉的，在北京都没有，也就感觉不满足，例如糖类的酥糖、麻片糖、寸金糖，片类的云片糕、椒桃片、松仁片，软糕类的松子糕、枣子糕、蜜仁糕、橘红糕等。此外有缠类，如松仁缠、核桃缠，乃是在干果上包糖，算是上品茶食，其实倒并不怎么好吃。南北点心粗细不同，我早已注意到了，但这是怎么一个系统，为什么有这差异？那我也没有法子去查考，因为孤陋寡闻，而且关于点心的文献，实在也不知道有什么书籍。但是事有凑巧，不记得是哪一年，或者什么原因了，总之见到几件北京的旧式点心，平常不大碰见，样式有点别致的，这使我忽然大悟，心想这岂不是在故乡见惯的“官礼茶食”吗？故乡旧式结婚后，照例要给亲戚本家分“喜果”，一种是干果，计核桃、枣子、松子、榛子，讲究的加荔枝、桂圆。又一种是干点心，记不清它的名字。查范寅《越谚》饮食门下，记有金枣和珑缠豆两种，此外我还记得有佛手酥、菊花酥和蛋黄酥等三种。这种东西，平时不通销，店铺里也不常备，要结婚人家订购才有，样子虽然不差，但材料不大考究，即使是可以吃得的佛手酥，也总不及红绫饼或梁湖月饼，所以喜果送来，只供小孩们胡乱吃一阵，大人是不去染指的。可是这类喜果却大抵与北京的一样，而且结婚时节非得使用不可。云片糕等虽是比较要好，却是决不使用的。这是什么理由？这一类点心是中国旧有的，历代相承，使用于结婚仪式。一方面时势转变，点心上发生了新品种，然而一切仪式都是守旧的，不轻易容许改变，因此即使是送人的喜果，也有一定的规矩，要定做现今市上不通行了的物品来使用。同是一类茶食，在甲地尚在通行，在乙地已出了新的品种，只留着用于“官礼”，这便是南北点心情形不同的缘因了。

上文只说得“官礼茶食”，是旧式的点心，至今流传于北方。至于南方点心的来源，那还得另行说明。“嘉湖细点”这四个字，本是招牌和仿单上的口头禅，现在正好借用过来，说明细点的起源。因为据我的了解，那时期当为前明中叶，而地点则是东吴西浙，嘉兴湖州正是代表地方。我没有文书上的资料，来证明那时吴中饮食丰盛奢华的情形，但以近代苏州饮食风靡南方的事情来作比，这里有点儿类似。明朝自永乐以来，政府虽是设在北京，但文化中心一直还是在江南一带。那里官绅富豪生活奢侈，茶食一类也就发达起来。就是水点心，在北方作为常食的，也改作得特别精美，成为以赏味为目的的闲食了。这南北两样的区别，在点心上存在得很久，这里固然有风俗习惯的关系，一时不易改变；但在“百花齐放”的今日，这至少该得有一种进展了吧。其实这区别不在于质而只是量的问题，换一句话即是做法的一点不同而已，我们前面说过，家庭的鸡蛋炸酱面与五芳斋的三鲜汤面，固然是一例。此外则有大块粗制的窝窝头，与“仿膳”的一碟十个的小窝窝头，也正是一样的变化。北京市上有一种爱窝窝，以江米煮饭捣烂（即是糍粑）为皮，中裹糖馅，如元宵大小。李光庭在《乡言解颐》中说明它的起源云：相传明世中官有嗜之者，因名御爱窝窝，今但曰爱而已。这里便是一个例证，在明清两朝里，窝窝头一件食品，便发生了两个变化了。本来常食闲食，都有一定习惯，不易轻轻更变，在各处都一样是闲食的干点心则无妨改良一点做法，做得比较精美，在人民生活水平日益提高的现在，这也未始不是切合实际的事情吧。国内各地方，都富有不少有特色的点心，就只因为地域所限，外边人不能知道，我希望将来不但有人多多报道，而且还同土产果品一样，陆续输到外边来，增加人民的口福。

·

故乡的野菜

周作人

我的故乡不止一个，凡我住过的地方都是故乡。故乡对于我并没有什么特别的情分，只因钓于斯游于斯的关系，朝夕会面，遂成相识，正如乡村里的邻舍一样，虽然不是亲属，别后有时也要想念到他。我在浙东住过十几年，南京、东京都住过六年，这都是我的故乡；现在住在北京，于是北京就成了我的家乡了。

日前我的妻往西单市场买菜回来，说起有荠菜在那里卖着，我便想起浙东的事来。荠菜是浙东人春天常吃的野菜，乡间不必说，就是城里只要有后园的人家都可以随时采食，妇女小儿各拿一把剪刀一只“苗篮”，蹲在地上搜寻，是一种有趣味的游戏的工作。那时小孩们唱道：“荠菜马兰头，姊姊嫁在后门头。”后来马兰头有乡人拿来进城售卖了，但荠菜还是一种野菜，须得自家去采。关于荠菜向来颇有风雅的传说，不过这似乎以吴地为主。《西湖游览志》云：“三月三日男女皆戴荠菜花。谚云：三春戴荠花，桃李羞繁华。”顾禄的《清嘉录》上亦说：“荠菜花俗呼野菜花，因谚有三月三蚂蚁上灶山之语，三日人家皆以野菜花置灶陉上，以厌虫蚁。侵晨村童叫卖不绝。或妇女簪髻上以祈清目，俗号眼亮花。”但浙东人却不很理会这些事情，只是挑来做菜或炒年糕吃罢了。

黄花麦果通称鼠麹草，系菊科植物，叶小，微圆互生，表面有白毛，花黄色，簇生梢头。春天采嫩叶，捣烂去汁，和粉作糕，称黄花麦果糕。小孩们有歌赞美之云：

黄花麦果韧结结，关得大门自要吃，
半块拿弗出，一块自要吃。

清明前后扫墓时，有些人家——大约是保存古风的人家——用黄花麦果作供，但不作饼状，做成小颗如指顶大，或细条如小指，以五六个作一攒，名曰茧果，不知是什么意思，或因蚕上山时设祭，也用这种食品，故有是称，亦未可知。自从十二三岁时外出不参与外祖家扫墓以后，不复见过茧果，近来住在北京，也不再见黄花麦果的影子了。日本称作“御形”，与荠菜同为春天的七草之一，也采来做点心用，状如艾饺，名曰“草饼”，春分前后多食之，在北京也有，但是吃去总是日本风味，不复是儿时的黄花麦果糕了。

扫墓时候所常吃的还有一种野菜，俗称草紫，通称紫云英。农人在收获后，播种田内，用作肥料，是一种很被贱视的植物，但采取嫩茎瀹食，味颇鲜美，似豌豆苗。花紫红色，数十亩接连不断，一片锦绣，如铺着华美的地毯，非常好看，而且花朵状若蝴蝶，又如鸡雏，尤为小孩所喜，间有白色的花，相传可以治痢，很是珍重，但不易得。日本《俳句大辞典》云:“此草与蒲公英同是习见的东西，从幼年时代便已熟识。在女人里边，不曾采过紫云英的人，恐未必有罢。”中国古来没有花环，但紫云英的花球却是小孩常玩的东西，这一层我还替那些小人们欣幸的。浙东扫墓用鼓吹，所以少年们常随了乐音去看“上坟船里的姣姣”；没有钱的人家虽没有鼓吹，但是船头上篷窗下总露出些紫云英和杜鹃的花束，这也就是上坟船的确实的证据了。

食味小记

金性尧①

《晋书》记张翰仕齐王冏时，见秋风忽起，念及故乡的菰菜莼羹鲈鱼脍之美，遂命驾而归。其理由以“人生贵得适志，何能丐宦数千里以要名爵乎？”《中吴纪闻》并记其所作之歌曰：“秋风起兮佳景时，吴江水兮鲈正肥，三千里兮家未归，恨难得兮仰天悲。”这是一段很著名的故事，在心理学家可称之为移情作用，我在另一篇小文上已有提及。一个人对于过去的一切，容易特别引起怀念和低徊，虽然如佛子所说也不过是梦幻泡影，和未来一样的缥缈空虚；然而大恋所存，虽哲不忘，殆亦人情所弗能止。

吾乡距这里不过一水之遥，如坐轮船往返则隔宿即达，但我已有数年不去了，现在的情形不敢妄加臆测，大抵也难免羊叔子说的“风景不殊，举目有河山之异”。因此每见到新入市的鱼

① 金性尧（1916—2007），笔名文载道，文史家、出版人。浙江定海人。曾参与校勘《鲁迅全集》，编辑出版《中华活页文选》等。

介菜蔬之类，品味之间，辄不禁心向与神往，仿佛驰骋一碧无际的水田云天之下，或薄暮篱落之间，踏着落日的余晖，静对着不语的山河。年来限于交通的阻梗，若要尝新鲜的食味，就觉得颇费踌躇，而市场上所售的，往往因日子稍多就品质大逊。偶然的在筵席上吃着鲜美的土产，真不啻如获至宝。尝读刘廷玑《在园杂志》卷一有云：

> 东坡云：谪居黄州五年，今日北行，岸上闻骡驮铎声，意亦欣然。铎声何足欣？盖久不闻而今得闻也。昌黎诗：照壁喜见蝎。蝎无可喜，盖久不见而今得见也。予由浙东观察副使奉命引见，渡黄河至王家营，见草棚下挂油炸鬼数枚。制以盐水合面，扭作两股如粗绳，长五六寸，于热油中炸成黄色，味颇佳，俗名油炸鬼。予即于马上取一枚啖之，路人及同行者无不匿笑，意以为如此鞍马仪从而乃自取自啖此物耶？殊不知予离京城赴浙省今十七年矣，一见河北风味，不觉狂喜，不能自持，似与韩苏二公之意暗合也。

刘君的这一段文字，写得琐屑有趣，而其举动则尤妙，于鞍马仪从中手取啖之，可说蕴藉而洒脱，远非“匿笑”的人所能及。人类有好几种感情，在我看都值得珍视，非其他动物所具有，其中尤以乡心与童心为最普遍，也最微妙，因为这都是在“过去”的范围以内。但是要自然，要真挚，如老莱子的戏彩娱亲，虽说也夹杂着童心的成份，然而见了令人不快，这或者因我向来与“孝子顺孙”无亲切之感；但总之七十几岁的人，故意装出孩子的跌撞的模样，究竟缺少天真与自然。

这里还是闲语少说，言归油炸鬼。不过要辩正的是油炸鬼并不限于河之北才有，其名称也有几种：曰油炸鬼，曰麻花，曰油条，元剧中“油炸骨朵儿”之名。或有恨秦丞相的弄权，望文生义而并为一谈者，则曰油炸桧，亦足见怨毒于人之深。此皆一物而数称，至多，也是形态上的大同小异而已。至刘禹锡诗中“夜来春睡无轻重，压扁佳人缠臂金”云者，当是油炸鬼的支流，如现在的油馓子之类。它们的制法极简单，以面粉外加酵料，扭作麻绳似的两股，入油锅中炸之。长半尺，色澄黄，真正的可以说上一声“价廉物美”，寻常百姓皆可人手一枚。乡间设摊售之，大抵师父搓制下锅，徒弟则以长竹筷俟其熟而撩起，搁于滤油的铅具上，待其干净，手续简捷迅速，买客立等可取，然亦非稍有经验者，不能做得恰到好处。发售的时间约为清晨与午后——可以作百工手艺的点心。炸时用木具敲光滑的桌板，遂成嘀答之声。如师父性严酷，不如意时即以之当塾师的夏楚。生意较好的店，间有雇伙计一二人帮制。清晨早起，残曙依稀，倘在初春或孟冬，不免犹有余寒，于是取油炸鬼佐泡饭或薄粥，最好能购二三十文的豆腐，分相下餐，或以油炸鬼蘸腐沫而啖之，须臾热意泄然，身心俱暖。于是或肩挑贸易、或负笈上学、或洗手入厨，皆不妨各自为政，而一日之计也庶几于以粗定。至于稍为闲适者，则缓步出城门，看杨柳岸晓风残月，负手与老农话桑麻气候，也别有从容之趣。其在午后者，多数以为点心，然须与大饼同食，当时每副铜元二三枚，又须热而新鲜。中人之家以此为飨客之品，亦无不可；尤以雀战的时候，取其简便爽快，十分钟即可食毕，性急者则一手摸牌，一手执饼，而两眼则炯炯地注视桌上不少瞬，大有“一心以为鸿鹄将至”之状。油炸鬼食后如尚有剩，可于晚餐时切碎制汤，加葱末、猪油、酱汁，以沸水冲之，也别具风格。后来上海做学徒时，午前送银子或解栈单，归来店中午饭已毕，同事多老饕，往往残肴无多，即以油炸鬼二枚煮汤谋饱，迄今遂有分外亲近之感。中国的“大众化”食品中，有许多实在都可称“绝妙小品”，食之能长留舌本，咀嚼不已，乡间复因得水土之胜，非身临其境者无法享受。

只是由于制时的不洁净，及食时必须抛头露面，使讲卫生和爱风雅之士，有些举足不前，如前所举的刘在园，居然以“观察副使”在马上啖油炸鬼，不能不称为庸中佼佼。鄙人与过分骄狂的人，不想引为同调——特别是那种做作出来的矫情者。至如不为庸俗猥琐的礼法所拘，而能多少表现其独立和洒脱者，却感到敬爱佩服。至今过牛肉摊或小菜场的杂食前，即不免食指大动而狂嚼一番。《儒林外史》说金陵菜佣酒保都有六朝烟水气，此于居心风雅者，正是一枚小小的刺呢！

近来因了自己起身过晏，那种油炸鬼蘸豆腐的风味，好久吃不到了。但是此外还有两种原因：首先是近年粮食统制的影响，面粉亦成奇货，油条大饼遂告恐慌，有一时期，全市都买不着，只好如《盐铁论》所说，过屠门而大嚼，虽不得肉亦且快意，每过大饼摊即望望然去之。其次，因为这样，即使买着而价亦贵得可以，且质料复大减削，此正是自然的互为因果。有时早起，合二三家人食之，油条大饼所需，即非一二金不办，较之昔时上茶馆啖零食，真是绰然有余。至于薄暮作点心，在执笔的文士，更加感到奢侈了。“由此观之”，前人的“宁为太平犬，莫作乱离民”之叹，不意于兹遂成切肤之感。但在这里说来说去，大概亦很无谓吧？

自油炸鬼以至其支裔的油馓子之辈，在上海都有制售，得之甚易，且形质均相同。惟尚有一物，则离乡十年来，始终没有见过。即俗所谓“虾饺”——这“饺”字的正确写法也不得而知——它与油炸鬼一样地佐大饼而食，但早上则不出售。一年之中以夏末秋初，渔汛正盛也即鱼虾繁殖而低廉时，方始制为食品。与油炸鬼不同者：其形式扁而近圆，大与普通烧饼同。煎时先以面粉搭于木板上，加葱末少许，徐徐汆下锅中，然后加小虾一二枚，俟发酵而面呈微隆时，负之使起。不过面粉须调得稍溏，木板也须特制而滑硬，下锅时手续应迅捷，无使余粉牵粘。但这只限和饼作点心，不像油炸鬼的经岁不断而用途孔多，在考究食味的人，则以面条鱼代虾，啖之更觉鲜腴。——说到面条鱼，一般人常与银鱼相混。实则形状即较银鱼细锐莹洁，而滋味亦较柔软丰美，银鱼有筋，嚼之尚有刺涩之感，面条鱼入口即觉润软，二者的外形虽在伯仲之间，但食味则颇有轩轾之别。或者，是属于银鱼的一种。其产期约在小暑至秋分，浮游浅海中，渔家用灯照之即集，如曝之使干，便成和羹煮汤的上好材料，俗呼之曰“海艳”，分粗细二种，粗的本身殆即银鱼？以离水便死，故沪上遂不易购取，即乡间亦较平常的鱼介稍贵。渔民于入海后，有时可得各种细小的海产如虾公、虾涎、蟑螳鱼于一网，名之曰“大捕船货”，犹水中聚族而居者，至薄暮则向城中兜售，以夏秋为最多，价即廉而味大佳。晚餐时在庭中佐酒细嚼，举头看暮云低覆，虫声绕砌，江村水乡中，诚有四时佳兴与人同之致。《浙江通志》引吴荣《甬东山水古迹记》，有记吾乡之文曰："昌国人家，颇居篁竹芦苇间，或散在沙墺，非舟不相往来。田种少类，入海中捕鱼，蝤蛑蛇母，彊涂杰步，腥涎亵味，逆入鼻口，岁或仰谷他郡。"迄今犹与此说相仿佛，尤以海产丰饶著名东南。若论胜迹流风，那么，明末鲁王驻跸后大学士张肯堂等不屈殉国，及鸦片战争之壮烈御侮，在偏僻的小县中，未尝无志士仁人之浩气存焉。

于此犹记杜诗有"白小群分命，天然二寸鱼"之句，或曰即面条鱼，然冯云鹏——《红雪词》作者以为非是，并云："吾通产塔影河者佳，不亚于莺脰湖。"可见银鱼和面条鱼实非一物。清代东墅老人谢墉作《食味杂咏》一节，在银鱼下注云：

> 色白如银，长寸许，大者不过二寸，乡音亦呼儿鱼，音同泥，银言白，儿言小也。此鱼古书不载，罗愿"雅"于王余脍残云又名银鱼，脍残虽相类，然大数倍，不可混也。

脍残或者是现在所称的“银鱼”，而书中的银鱼则是实际上的面条鱼，也即儿鱼。此外尚有点诗注云：“银鱼出水即不活，渔家急曝干市之。有甫出水者以作羹极美，乡俗名之曰水银鱼，以别于干者。”这所说的想即前述的海艳。至云“作羹极美”，不禁为之垂涎，大约以苋菜、豆苗作伴为最宜，盖其时正当孟春，二物也方巧上市，皆鲜嫩而不可久得。《至正四明续志》说银鱼云：“口尖身锐如银条，又一种极小，名面条鱼。”也是一证。《四明旧志》曾列入比目鱼下，则更大错。吾乡旧属宁波府下，计分六县，今多一南田。各处的食性，方言与物产，也多大同而偶有出入。陆云答车茂安书有“随潮进退，采蜯捕鱼，其蜯蛤之属，目所未见，耳所未闻，品类数百，难可尽言”之语，更见鱼介之盛，由来已久了。

寒家平素饮食，虽颇觉平常，但个人于此等风物土产的记载，却极为注意，只是这类书不大容易搜藏，有时跑了几家书铺，依然毫无所得，反不如问乡下佬之言多征信，无怪孔仲尼有“吾不如老农”之叹。若查方志之类，则仅举条目而总嫌枯略。至于《随园食谱》，似单见豪阔气而未见乡土气，于物产源委尤未加贯彻。其次，李笠翁《闲情偶寄》中虽也有饮食一门，然有时尚不免卖弄才气——我这样说，自已也感到有沙里淘金之弊，但如前引的东墅老人的《食味杂咏》，却很配我细窄的胃口，因为他兼有情词朴素而复具风土之胜。而且所说的也较可解。这几天在乡下大概已下霜了，所以各种蔬菜也特别富于风味。孔子曰："饭疏食饮水，曲肱而枕之，乐亦在其中矣。不义而富且贵，于我如浮云。"后半段富贵云云，凡夫或者难以企及，但前半段还可以做，然而此刻也行之维艰——不幸的我们，岂不正到了"一饮一啄，当思来处不易"的时候了吗？是则不待贤者的教诲，业已及身受之矣。

烙饼

梁实秋

饼而曰烙，可知不是煎、不是炸、不是烤，更不是蒸。烙饼的锅曰铛，在这里音撑，差亨切，阴平声。铛是平底锅，通常无足无耳，大小不一定。铛是铁打的，相当的厚重，不容易烧热，可是烧热了也不容易凉，最适宜于烙饼。洋式的带柄的平底锅，也可以用来烙饼，而且小巧灵便，但是铝合金制的锅究竟传热太快冷却也太快，控制温度麻烦，不及我们的铛。

烙饼需要和面。和面不简单。没有触摸过白案子，初次和面，大概会弄得一塌糊涂，无有是处，烙饼需用热水和面，不是滚开的沸水，沸水和面就变成烫面了。用热水和面是取其和出来软。和好了面不能立刻烙，要容它“醒”一段时间。这段时间可长可短，看情形而定。

如果做家常饼，手续最简单。家常饼是薄薄的，里面的层次也不须太多，表面上更不须刷油，烙出来白磁糊裂的，只要相当软和就成。在北平懒婆娘自己不动手，可以到胡同口外蒸锅铺油盐店之类的地方去定制，论斤卖。一斤面大概可以烙不大不小的四张。北方人贫苦，如果有两张家常饼，配上一盘摊鸡蛋（鸡蛋要摊成直径和饼一样大的两片），把蛋放在饼上，卷起来，竖立之，双手扶着，张开大嘴，左一口、右一口，中间再一口，那简直是无与伦比的一顿丰盛大餐。

孩子想吃甜食，最方便莫如到蒸锅铺去烙几张糖饼，黑糖和芝麻酱要另外算钱，事前要讲明几个铜板的黑糖，几个铜板的芝麻酱。烙饼要夹杂着黑糖和芝麻酱，趁热吃，那分香无法形容。我长大以后，自己在家中烙糖饼，乃加倍的放糖，加倍的放芝麻酱，来弥补幼时之未能十分满足的欲望。

葱油饼到处都有，但是真够标准的还是要求之于家庭主妇。北方善烹饪的家庭主妇，作法细腻，和一般餐馆之粗制滥造不同。一般餐馆所制，多患油腻。在山东，许多处的葱油饼是油炸的，焦黄的样子很好看，吃上一块两块就消受不了。在此处颇有在饼里羼味精的，简直不可思议。标准的葱油饼要层多，葱多，而油不太多。可以用脂油丁，但是要少放。要层多，则擀面要薄，多卷两次再加葱。葱花要细，要九分白一分绿。撒盐要匀。锅里油要少，锅要热而火要小。烙好之后，两手拿饼直立起来在案板上戳打几下，这个小动作很重要，可以把饼的层次戳松。葱油饼太好吃，不需要菜。

清油饼实际上不是饼。是细面条盘起来成为一堆，轻轻压按使成饼形，然后下锅连煎带烙，成为焦黄的一坨。外面的脆硬，里面的还是软的。山东馆子最善此道。我认为最理想的吃法，是每人一个清油饼，然后一碗烩虾仁或烩两鸡丝，分浇在饼上。

陆

岁月不居，好好吃饭

做饭

汪曾祺

我不会做什么菜，可是不知道怎么竟会弄得名闻海峡两岸。这是因为有几位台湾朋友在我家吃过我做的菜，大加宣传而造成的。

我只能做几个家常菜。大菜，我做不了。我到海南岛去，东道主送了我好些鱼翅、燕窝，我放在那里一直没有动，因为不知道怎么做。

有一点特色，可以称为我家小菜保留节目的有这些：

拌荠菜、拌菠菜。荠菜焯熟，切碎，香干切米粒大，与荠菜同拌，在盘中用手抟成宝塔状。塔顶放泡好的海米，上堆姜米、蒜米。好酱油、醋、香油放在茶杯内，荠菜上桌后，浇在顶上，将荠菜推倒，拌匀，即可下箸。佐酒甚妙。没有荠菜的季节，可用嫩菠菜以同法制。这样做的拌菠菜比北京用芝麻酱拌的要好吃得多。这道菜已经在北京的几位作家中推广，凡试做者，无不成功。

干丝。这是淮扬菜，旧只有烫干丝，大白豆腐干片为薄片（刀工好的师傅一块豆腐干能片十六片），再切为细丝。酱油、醋、香油调好备用。干丝用开水烫后，上放青蒜米、姜丝（要嫩姜，切极细），将调料淋下，即得。这本是茶馆中在点心未蒸熟之前，先上桌佐茶的闲食，后来饭馆里也当一道菜卖了。煮干丝的历史我想不超过一百年。上汤（鸡汤或骨头汤）加火腿丝、鸡丝、冬菇丝、虾籽同熬（什么鲜东西都可以往里搁），下干丝，加盐，略加酱油，使微有色，煮两三开，加姜丝，即可上桌。聂华苓有一次上我家来，吃得非常开心，最后连汤汁都端起来喝了。北京大方豆腐干甚少见，可用豆腐片代。干丝重要的是刀工。袁子才谓“有味者使之出，无味者使之入”，干丝切得极细，方能入味。

烧小萝卜。台湾陈怡真到北京来，指名要我做菜，我给她做了几个菜，有一道是烧小萝卜，我知道台湾没有小红水萝卜（台湾只有白萝卜）。做菜看对象，要做客人没有吃过的，才觉新鲜。北京小水萝卜一年里只有几天最好。早几天，萝卜没长好，少水分，发艮，且有辣味，不甜；过了这几天，又长过了，糠。陈怡真运气好，正赶上小萝卜最好的时候。她吃了，赞不绝口。我做的烧小萝卜确实很好吃，因为是用干贝烧的。“粗菜细做”，是制家常菜的不二法门。

塞肉回锅油条。这是我的发明，可以申请专利。油条切成寸半长的小段，用手指将内层掏出空隙，塞入肉茸、葱花、榨菜末，下油锅重炸。油条有矾，较之春卷尤有风味。回锅油条极酥脆，嚼之真可声动十里人。

炒青苞谷。新玉米剥出粒，与瘦猪肉末同炒，加青辣椒。昆明菜。

其余的菜如冰糖肘子、腐乳肉、腌笃鲜、水煮牛肉、干煸牛肉丝、冬笋雪里蕻炒鸡丝、清蒸轻盐黄花鱼、川冬菜炒碎肉……大家都会做，也都是那个做法，在此不一一列举。

做菜要有想象力，爱琢磨，如苏东坡所说“忽出新意”；要多实践，学做一样菜总得失败几次，方能得其要领；也需要翻翻食谱。在我所看的闲书中，食谱占一个重要地位。

做菜的乐趣第一是买菜，我做菜都是自己去买的。到菜市场要走一段路，这也是散步，是运动。我什么功也不练，只练“买菜功”。我不爱逛商店，爱逛菜市。

看看那些碧绿生青、新鲜水灵的瓜菜，令人感到生之喜悦。其次是切菜、炒菜都得站着，对于一个终日伏案的人来说，改变一下身体的姿势是有好处的。

最大的乐趣还是看家人或客人吃得很高兴，盘盘见底。做菜的人一般吃菜很少。我的菜端上来之后，我只是每样尝两筷，然后就坐着抽烟、喝茶、喝酒。从这点说起来，愿意做菜给别人吃的人是比较不自私的。

诗曰：

年年岁岁一床书，弄笔晴窗且自娱。

更有一般堪笑处，六平方米作郇厨。

家常酒菜

汪曾祺

家常酒菜，一要有点儿新意，二要省钱，三要省事。偶有客来，酒渴思饮。主人卷袖下厨，一面切葱姜，调佐料，一面仍可陪客人聊天，显得从容不迫，若无其事，方有意思。如果主人手忙脚乱，客人坐立不安，这酒还喝个什么劲！

拌菠菜

拌菠菜是北京大酒缸最便宜的酒菜。菠菜焯熟，切为寸段，加一勺芝麻酱、蒜汁，或要芥末，随意。过去（一九四八年以前）才三分钱一碟。现在北京的大酒缸已经没有了。

我做的拌菠菜稍为细致。菠菜洗净，去根，在开水锅中焯至八成熟（不可盖锅煮烂），捞出，过凉水，加一点盐，剁成菜泥，挤去菜汁，以手在盘中抟成宝塔状。先碎切香干（北方无香干，可以熏干代），如米粒大，泡好虾米，切姜末、青蒜末。香干末、虾米、姜末、青蒜末，手捏紧，分层堆在菠菜泥上，如宝塔顶。好酱油、香醋、小磨香油及少许味精在小碗中调好。菠菜上桌，将调料轻轻自塔顶淋下。吃时将宝塔推倒，诸料拌匀。

这是我的家乡制拌枸杞头、拌荠菜的办法。北京枸杞头不入馔，荠菜不香。无可奈何，代以菠菜。亦佳。清馋酒客，不妨一试。

拌萝卜丝

小红水萝卜，南方叫“杨花萝卜”，因为是杨花飘时上市的。洗净，去根须，不可去皮。斜切成薄片，再切为细丝，愈细愈好。加少糖，略腌，即可装盘，轻红嫩白，颜色可爱。扬州有一种菊花，即叫“萝卜丝”。临吃，浇以三合油（酱油、醋、香油）。

或加少量海蜇皮细丝同拌，尤佳。

家乡童谣曰：“人之初，鼻涕拖，油炒饭，拌萝菠。”可见其普遍。

若无小水萝卜，可以心里美或卫青代，但不如杨花萝卜细嫩。

干丝

干丝是扬州菜。北方买不到扬州那种质地紧密，可以片薄片，切细丝的方豆腐干，可以豆腐片代。但须选色白，质紧，片薄者。切极细丝，以凉水拔二三次，去盐卤味及豆腥气。

拌干丝，拔后的豆腐片细丝入沸水中煮两三开，捞出，沥去水，置浅汤碗中。青蒜切寸段，略焯，虾米发透，并堆置豆腐丝上。五香花生米搓去皮膜，撒在周围。好酱油、小磨香油、醋（少量），淋入，拌匀。

煮干丝。鸡汤或骨头汤煮。若无鸡汤骨汤，用高压锅煮几片肥瘦肉取汤亦可，但必须有荤汤，加火腿丝、鸡丝。亦可少加冬菇丝、笋丝。或入虾仁、干贝，均无不可。欲汤白者入盐。或稍加酱油（万不可多），少量白糖，则汤色微红。拌干丝宜素，要清爽；煮干丝则不厌浓厚。

无论拌干丝，煮干丝，都要加姜丝，多多益善。

扦瓜皮

黄瓜（不太老即可）切成寸段，用水果刀从外至内旋成薄条，如带，成卷。剩下带籽的瓜心不用，酱油、糖、花椒、大料、桂皮、胡椒（破粒）、干红辣椒（整个）、味精、料酒（不可缺）调匀。将扦好的瓜皮投入料汁，不时以筷子翻动，使瓜皮沾透料汁，腌约一小时，取出瓜皮装盘。先装中心，然后以瓜皮面朝外，层层码好，如一小馒头，仍以所余料汁自馒头顶淋下。扦瓜皮极脆，嚼之有声，诸味均透，仍有瓜香。此法得之海拉尔一曾治过国宴的厨师。一盘瓜皮，所费不过四五角钱耳。

炒苞谷

昆明菜。苞谷即玉米。嫩玉米剥出粒，与瘦猪肉同炒，少放盐。略用葱花煸锅亦可，但葱花不能煸得过老，如成黑色，即不美观。不宜用酱油，酱油会掩盖苞谷的清香。起锅时可稍烹水，但不能多，多则成煮苞谷矣！我到菜市买玉米，挑嫩的，别人都很奇怪：

“挑嫩的干什么？”——“炒肉。”——“玉米能炒了吃？”北京人真是少见多怪。

松花蛋拌豆腐

北豆腐入开水焯过，俟冷，切为小骰子块，加少许盐。松花蛋（要腌得较老的），亦切为骰子块，与豆腐同拌。老姜在蒜臼中捣烂，加水，滗去渣，淋入。不宜用姜米，亦不加醋。

芝麻酱拌腰片

拌腰片要领：一、先不要去腰臊，只用快刀两面平片，剩下腰臊即可扔掉。如先将腰子平剖两半，剥出腰臊，再用于刀片，则腰片易残破不整。二、腰片须用凉水拔，频频换水，至腰片血水排净，方可用。三、焯腰片要锅大水多。等水大开，将腰片推下，旋即用笊篱抄出，不可等腰片复开。将第一次焯腰片的水泼去，洗净锅，再坐锅，水大开，将焯过一次的腰片投入再焯，旋即捞出，放凉水盆中。两次焯，则腰片已熟，而仍脆嫩。如一次焯，待腰片大开，即成煮矣。腰片凉透，挤去水，入盘，浇以芝麻酱、剁碎的郫县豆瓣、葱末、姜米、蒜泥。

拌里脊片

以四川制水煮牛肉法制猪肉，亦可。里脊或通脊斜切薄片，以芡粉抓过。烧开水一锅，投入肉片，以笊篱翻拢，至肉片变色，即可捞出，加调料。

如热吃，即可倾入水煮牛肉的调料：郫县豆瓣（剁碎）炒至出香味，加酱油、少量糖、料酒。最后撒碾碎的生花椒、芝麻。

焯过肉的汤，撇去浮沫，可做一个紫菜汤。

塞馅回锅油条

油条两股拆开，切成寸半长的小段。拌好猪肉（肥瘦各半）馅。馅中加盐、葱花、姜末。如加少量榨菜末或酱瓜末、川冬菜末，亦可。用手指将油条小段的窟窿捅通，将肉馅塞入，逐段下油锅炸至油条挺硬，肉馅已熟，捞出装盘。此菜嚼之酥脆。油条中有矾，略有涩味，比炸春卷味道好。

这道菜是本人首创，为任何菜谱所不载。很多菜都是馋人瞎捉摸出来的。

其他酒菜

凤尾鱼、广东香肠，市上可以买到；茶叶蛋、油炸花生米、五香煮栗子、煮毛豆，人人会做；盐水鸭、水晶肘子，做起来太费事，皆不及。

饽饽铺，萨其马

王世襄

北京的老饽饽铺，时常引起我的怀念，因为从店铺外貌到柜内食品都很有特点，民族风味很浓，堪称中国文化的象征。

饽饽铺字号多以斋名，金匾大字，铺面装修极为考究，如果不是牌楼高耸，挑头远眺，就是屋顶三面曲尺栏杆，下有镂刻很精的挂檐板，用卷草、番莲、螭龙、花鸟等作纹饰，悬挂着“大小八件”“百果花糕”“中秋月饼”“八宝南糖”等招幌。从金碧辉煌、细雕巧琢的铺面，已经使人联想到店内的糕点也一定是精心制作，味佳色美的。

老饽饽铺还有一个特点，即店内不设货品柜、玻璃橱，因而连一块点心也看不到。以当年开设在东四八条口外的瑞芳斋为例，三间门面，店堂颇深，糕点都放在朱漆木箱内，贴着后墙一字儿排开。箱盖虽有竿支起，惟箱深壁高，距柜台又有一两丈远，顾客即使踮起脚也看不到糕点的踪影，只能“隔山买老牛”，说出名称，任凭店伙去取。但顾客却个个放心，因为货真价实，久已有口皆碑。

饽饽铺的糕点，名目繁多，有大八件、小八件，又各有翻毛、起酥、提浆、酒皮等不同做法。属于蛋糕一类有油糕、槽糕。起酥一类有桃酥、状元饼、枣泥酥、棋子。应时糕点有藤萝饼、月饼、重阳花糕、元宵等。有各色缸炉，包括物美价廉用点心渣回炉烤成的螺蛳缸炉。还有蜜供、小茶食、小炸食、鸡蛋卷等，不胜备述。其中我最爱吃的是萨其马。

“萨其马”本系满语。据元白尊兄（启功教授）见教：《清文鉴》有此名物，释为“狗奶子糖蘸”。萨其马用鸡蛋、油脂和面，细切后油炸，再用饴糖、蜂蜜搅拌沁透，故曰“糖蘸”。唯“狗奶子”则殊费解。如果真是狗奶，需养多少条狗才够用！原来东北有一种野生浆果，以形似狗奶子得名，最初即用它作萨其马的果料，入关以后，逐渐被葡萄干、山楂糕、青梅、瓜子仁等所取代，而狗奶子也鲜为人知了。

当年我最爱吃的萨其马用奶油和面制成。奶油产自内蒙古，装在牛肚子内运来北京，经过一番发酵，已成为一种干酪（cheese）；和现在西式糕点通用的鲜奶油、黄油迥不相同。这一特殊风味并非人人都能受用，但爱吃它的则感到非此不足以大快朵颐。过去瑞芳斋主要供应京华的官宦士绅，就备有一般和奶油两种萨其马。前者切长方块，后者则作条形。开设在北新桥的泰华斋，蒙藏喇嘛是他们的主要顾客，所以萨其马的奶油味格外浓。地安门的桂英斋，离紫禁城不远，为了适合太监们的口味，较多保留宫廷点心房的传统，故各家自具特色。惟萨其马柔软香甜，入口即化则是一致的，因为这是最起码的标准。

北京的中式糕点，六十年代以来真是每况愈下。开始是干而不酥，后来发展到硬不可当，而且东西南北城所售几乎都一样，似一手所制。因此社会上流传着一个笑话：汽车把桃酥轧进了沥青马路，用棍子去撬，没有撬动，棍子却折了。幸亏也买了中果条，用它一撬，桃酥出来了。这未免有些夸张，不过点心确实够硬的，吃起来不留神，很可能硌疼了上膛。

说起萨其马，就连我这花钱买的人都感到羞愧，从东北传至关内，已是三百多年，北京虽不是发源地，也是它的老家了，为什么很长一段时间北京能买到的萨其马还不如天津的清真字号桂顺斋。就是上海、广州市面上所谓的萨其马，切得方方正正，用透明纸包着，从味到形已非萨其马，而是另一种点心，但也比北京萨其马要软一些，可口一些。已有不少次当我想起瑞芳斋的奶油萨其马，真恍如隔世，觉得此味只应天上有，而要吃到它，恐怕是“他生未卜此生休”了。

可喜的是近两年来北京的中式糕点有所好转。记得一九八九年之初，已能在东单祥泰益买到软而不粘牙的萨其马。今年元月，《北京晚报》两次报道东直门外十字坡开设了一家由四个老字号（宝兰斋、桂福斋、致兰斋、聚庆斋）联合组成的荟萃园，力求恢复传统风味中式糕点。我特意前往观光品尝，品种相当齐全，味道也很不错，翻毛和酒皮的大小八件、油糕、穰饼、状元饼、桃酥等应有尽有，连过去桂福斋九月才应时的花糕也能买到，而且依然是老味。尤其是萨其马，色泽浅黄，果料齐全，入口即化，全无渣滓，只有调料、炸条、拌糖每道工序都掌握得很好才能做得出来。我一时欣喜，主动的为荟萃园做了一副对联写在一个小条幅上，其文如下：

卅载提防，糕硬常愁伤我齶！

四斋荟萃，饼酥又喜快吾颐。

予曾有句：“萨其马硬能伤齶，名锡桃酥竟不酥！”北京糕点，不如人意，盖有年矣。今喜荟萃园依旧法精制，旨味重来，丽形再现。爰撰右联，以志忻悦。或问：“有无横额？”答曰：“‘今已如昔’如何？”

风檐尝烤肉

张恨水①

有人吃过北平的松柴烤肉吗？现在街头上橙黄橘绿，菊花摊子四处摆着，尝过这异味的人，就会对北平悠然神往。

据传说，松柴烤牛肉，那才是真正的北方大陆风味，吃这种东西，不但是尝那个味，还要领略那个意境。你是个士大夫阶级，当然你无法去领略。就是我在北平作客的二十年，也是最后几年，变了方法去尝的，真正吃烤肉的功架，我也是“仆病未能”。那么，是怎么个情景呢？说出来你会好笑的。

任何一条马路上，有极宽的人行路，这路总在一丈开外，在不妨碍行人的屋檐下，有些地方，是可以摆着浮摊的。这卖烤牛肉的炉灶，就是放置在这种地方。无论这炉灶属于大馆子小馆子或者饭摊儿，布置全是一样。一个高可三尺的圆炉灶，上面罩着一个铁棍罩子，北方人叫着甑

① 张恨水（1895—1967），章回小说家，鸳鸯蝴蝶派代表作家。安徽安庆人。著作等身，雅俗共赏，著有《金粉世家》《啼笑因缘》。

（读如赠），将二三尺长的松树柴，塞到甑底下去烧。卖肉的人，将牛羊肉切成像牛皮纸那么薄，巴掌大一块（这就是艺术），用碟儿盛着，放在柜台或摊板上，当太阳黄黄儿的，斜临在街头，西北风在人头上瑟瑟吹过。松火柴在炉灶上吐着红焰，带了维绕的青烟，横过马路。在下风头远远地嗅到一种烤肉香，于是有这嗜好的人，就情不自禁地会走了过去，叫一声："掌柜的，来两碟！"这里炉子四周，围了四条矮板凳，可不是坐着的，你要坐着，是上洋车坐车踏板，算来上等车了。你走过去，可以将长袍儿大襟一撩，把右脚踏在凳子上。店伙自会把肉送来，放在炉子木架上。另外是一碟葱白，一碗料酒酱油的掺和物。木架上有竹竿做的长棍子，长约一尺五六。你夹起碟子里的肉，向酱油料酒里面一和弄，立刻送到铁甑的火焰上去烤烙。但别忘了放葱白，去掺和着，于是肉气味、葱气味、酱油酒气味、松烟气味，融合一处，铁烙罩上吱吱作响，筷子越翻弄越香。

你要是吃烧饼，店伙会给你送一碟火烧来。你要是喝酒，店伙给你送一只杯子，一个三寸高的小锡瓶儿来，那时你左脚站在地上，右脚踏在凳上，右手拿了长筷子在甑上烤肉，左手两指夹了锡瓶嘴儿，向木架子上杯子里斟白干，一筷子熟肉送到口，接着举杯抿上一口酒，那神气就大了。

“虽南面王无以易也！”

趣味还不止此，一个甑，同时可以围了六七个人吃。大家全是过路人，谁也不认识谁。可是各人在甑上占一块小地盘烤肉，有个默契的君子协定，互不侵犯。各烤各的，各吃各的。偶然交上一句话：“味儿不坏！”于是做个会心的微笑。吃饱了，人喝足了，在店堂里去喝碗小米稀饭，就着盐水疙瘩，或者要个天津萝卜啃，浓腻了之后再来个清淡，其味无穷。另有个笑话，不巧，烤肉时，站在下风头，炉子里松烟，可向脸上直扑，你得时时闪开，去揉擦眼泪水儿。可是一面揉眼睛，一面长筷子夹烤肉，也有的是，那就是趣味吗！

这样说来，士大夫阶级，当然尝不到这滋味。不，顺直门里烤肉宛家的灰棚里，东安市场东来顺三层楼上，前门外正阳楼院子里，也可以烤肉吃。尤其是烤肉宛家，每到夕阳西下，喝小米稀饭的雅座里，可以搬出二三十件狐皮大衣，自然，那灰棚门口，停着许多漂亮汽车。唉！于今想来，是一场梦。

结缘豆

周作人

范寅《越谚》卷中风俗门云：

结缘，各寺庙佛生日散钱与丐，送饼与人，名此。

敦崇《燕京岁时记》有“舍缘豆”一条云：

四月八日，都人之好善者取青黄豆数升，宣佛号而拈之，拈毕煮熟，散之市人，谓之舍缘豆，预结来世缘也。谨按《日下旧闻考》，京师僧人念佛号者辄以豆记其数，至四月八日佛诞生之辰，煮豆微撒以盐，邀人于路请食之以为结缘，今尚沿其旧也。

刘玉书《常谈》卷一云：

都南北多名刹，春夏之交，士女云集，寺僧之青头白面而年少者着鲜衣华履，托朱漆盘，贮五色香花豆，蹀躞于妇女襟袖之间以献之，名曰结缘，妇女亦多嬉取者。适一僧至少妇前奉之甚殷，妇慨然大言曰，良家妇不愿与寺僧结缘。左右皆失笑，群妇赧然缩手而退。

就上边所引的话看来，这结缘的风俗在南北都有，虽然情形略有不同。小时候在会稽家中常吃到很小的小烧饼，说是结缘分来的，范啸风所说的饼就是这个。这种小烧饼与“洞里火烧”的烧饼不同，大约直径一寸高约五分，馅用椒盐，以小皋步的为最有名，平常二文钱一个，底有两个窟窿，结缘用的只有一孔，还要小得多，恐怕还不到一文钱吧。北京用豆，再加上念佛，觉得很有意思，不过二十年来不曾见过有人拿了盐煮豆沿路邀吃，也不听说浴佛日寺庙中有此种情事，或者现已废止亦未可知，至于小烧饼如何，则我因离乡里已久不能知道，据我推想或尚在分送，盖主其事者多系老太婆们，而老太婆者乃是天下之最有闲而富于保守性者也。

结缘的意义何在？大约是从佛教进来以后，中国人很看重缘，有时候还至于说得很有点儿神秘，几乎近于命数。如俗语云，有缘千里来相会，无缘对面不相逢，又小说中狐鬼往来，末了必云缘尽矣，乃去。敦礼臣所云预结来世缘，即是此意。其实说得浅淡一点，或更有意思，例如唐伯虎之三笑，才是很好的缘，不必于冥冥中去找红绳缚脚也。我很喜欢佛教里的两个字，曰业曰缘，觉得颇能说明人世间的许多事情，仿佛与遗传及环境相似，却更带一点儿诗意。日本无名氏诗句云：

虫呵虫呵，难道你叫着，业便会尽了么？

这业的观念太是冷而且沉重，我平常笑禅宗和尚那么超脱，却还挂念腊月二十八，觉得生死事大也不必那么操心，可是听见知了在树上喳喳地叫，不禁心里发沉，真感得这件事恐怕非是涅槃是没有救的了。缘的意思便比较的温和得多，虽不是三笑那么圆满也总是有人情的，即使如库普林在《晚间的来客》所说，偶然在路上看见一只黑眼睛，以至梦想颠倒，究竟逃不出是春叫猫儿猫叫春的圈套，却也还好玩些。此所以人家虽怕造业而不惜作缘欤？若结缘者又买烧饼煮黄豆，逢人便邀，则更十分积极矣，我觉得很有兴趣者盖以此故也。

为什么这样的要结缘的呢？我想，这或者由于不安于孤寂的缘故吧。富贵子嗣是大众的愿望，不过这都有地方可以去求，如财神送子娘娘等处，然而此外还有一种苦痛却无法解除，即是上文所说的人生的孤寂。孔子曾说过，鸟兽不可与同群，吾非斯人之徒而谁与。人是喜群的，但他往往在人群中感到不可堪的寂寞，有如在庙会时挤在潮水般的人丛里，特别像是一片树叶，与一切绝缘而孤立着。念佛号的老公公老婆婆也不会不感到，或者比平常人还要深切吧，想用什么仪式来施行祓除，列位莫笑他们这几颗豆或小烧饼，有点近似小孩们的“办人家”，实在却是圣餐的面包葡萄酒似的一种象征，很寄存着深重的情意呢。我们的确彼此太缺少缘分，假如可能，实有多结之必要，因此我对于那些好善者着实同情，而且大有加入的意思，虽然青头白面的和尚我与刘青园同样的讨厌，觉得不必与他们去结缘，而朱漆盘中的五色香花豆盖亦本来不是献给我辈者也。

我现在去念佛拈豆，这自然是可以不必了，姑且以小文章代之耳。我写文章，平常自己怀疑，这是为什么的：为公乎，为私乎？一时也有点说不上来。钱振锽《名山小言·卷七》有一节云：

> 文章有为我兼爱之不同。为我者只取我自家明白，虽无第二人解，亦何伤哉，老子古简，庄生诡诞，皆是也。兼爱者必使我一人之心共喻于天下，语不尽不止，孟子详明，墨子重复，是也。《论语》多弟子所记，故语意亦简，孔子诲人不倦，其语必不止此。或怪孔明文采不艳而过于丁宁周至，陈寿以为亮所与言尽众人凡士云云，要之皆文之近于兼爱者也。诗亦有之，王孟闲适，意取含蓄，乐天讽谕，不妨尽言。

这一节话说得很好，可是想拿来应用却不很容易，我自己写文章是属于那一派的呢？说兼爱固然够不上，为我也未必然，似乎这里有点儿缠夹，而结缘的豆乃仿佛似之，岂不奇哉。写文章本来是为自己，但他同时要一个看的对手，这就不能完全与人无关系，盖写文章即是不甘寂寞，无论怎样写得难懂，意识里也总期待有第二人读，不过对于他没有过大的要求，即不必要他来做喽啰而已。煮豆微撒以盐而给人吃之，岂必要索厚赏，来生以百豆报我，但只愿有此微末情分，相见时好生看待，不至伥伥来去耳。古人往矣，身后名亦复何足道，唯留存二三佳作，使今人读之欣然有同感，斯已足矣，今人之所能留赠后人者亦止此，此均是豆也。几颗豆豆，吃过忘记未为不可，能略为记得，无论转化作何形状，都是好的，我想这恐怕是文艺的一点效力，他只是结点缘罢了。我却觉得很是满足，此外不能有所希求，而且过此也就有点不大妥当，假如想以文艺为手段去达别的目的，那又是和尚之流矣，夫求女人的爱亦自有道，何为舍正路而不由，乃托一盘豆以图之，此则深为不佞所不能赞同者耳。

吃的

朱自清

提到欧洲的吃喝，谁总会想到巴黎，伦敦是算不上的。不用说别的，就说煎山药蛋吧。法国的切成小骨牌块儿，黄争争的，油汪汪的，香喷喷的；英国的“条儿”（chips）却半黄半黑，不冷不热，干干儿的什么味也没有，只可以当饱罢了。再说英国饭吃来吃去，主菜无非是煎炸牛肉排羊排骨，配上两样素菜；记得在一个人家住过四个月，只吃过一回煎小牛肝儿，算是新花样。可是菜做得简单，也有好处；材料坏容易见出，像大陆上厨子将坏东西做成好样子，在英国是不会的。大约他们自己也觉着腻味，所以一九二六那一年有一位华衣脱女士（E. White）组织了一个英国民间烹调社，搜求各市各乡的食谱，想给英国菜换点儿花样，让它好吃些。一九三一年十二月烹调社开了一回晚餐会，从十八世纪以来的食谱中选了五样菜（汤和点心在内），据说是又好吃，又不费事。这时候正是英国的国货年，所以报纸上颇为揄扬一番。可是，现在欧洲的风气，吃饭要少要快，那些陈年的老古董，怕总有些不合时宜吧。

吃饭要快，为的忙，欧洲人不能像咱们那样慢条斯理儿的，大家知道。干吗要少呢？为的卫生，固然不错，还有别的：女的男的都怕胖。女的怕胖，胖了难看；男的也爱那股彪劲儿，要像个运动家。这个自然说的是中年人少年人；老头子挺着个大肚子的却有的是。欧洲人一日三餐，分量颇不一样。像德国，早晨只有咖啡、面包，晚间常冷食，只有午饭重些。法国早晨是咖啡、月芽饼，午饭晚饭似乎一般分量。英国却早晚饭并重，午饭轻些。英国讲究早饭，和我国成都等处一样。有麦粥、火腿蛋、面包、茶，有时还有熏咸鱼、果子。午饭顶简单的，可以只吃一块烤面包、一杯咖啡；有些小饭店里出卖午饭盒子，是些冷鱼冷肉之类，却没有卖晚饭盒子的。

伦敦头等饭店总是法国菜，二等的有意大利菜、法国菜、瑞士菜之分；旧城馆子和茶饭店等才是本国味道。茶饭店与煎炸店其实都是小饭店的别称。茶饭店的“饭”原指的午饭，可是卖的东西并不简单，吃晚饭满成；煎炸店除了煎炸牛肉排羊排骨之外，也卖别的。头等饭店没去过，意大利的馆子却去过两家。一家在牛津街，规模很不小，晚饭时有女杂耍和跳舞。只记得那回第一道菜是生蚝之类；一种特制的盘子，边上围着七八个圆格子，每格放半个生蚝，吃起来很雅相。另一家在由斯敦路，也是个热闹地方。这家却小小的，通心细粉做得最好；将粉切成半分来长的小圈儿，用黄油煎熟了，平铺在盘儿里，洒上干酪（计司）粉，轻松鲜美，妙不可言。还有炸“搦气蚝”，鲜嫩清香，蝤蛑、瑶柱都不能及；只有宁波的蛎黄仿佛近之。

茶饭店便宜的有三家：拉衣恩司（Lyons），快车奶房，ABC面包房。每家都开了许多店子，遍布市内外；ABC比较少些，也贵些，拉衣恩司最多。快车奶房炸小牛肉、小牛肝和红烧鸭块都还可口；他们烧鸭块用木炭火，所以颇有中国风味。ABC炸牛肝也可吃，但火急肝老，总差点儿事；点心烤得却好，有几件比得上北平法国面包房。拉衣恩司似乎没什么出色的东西；但他家有两处“角店”，都在闹市转角处，那里却有好吃的。角店一是上下两大间，一是三层三大间，都可容一千五百人左右；晚上有乐队奏乐。一进去只见黑压压的坐满了人，过道处窄得可以，但是气象颇为阔大（有个英国学生讥为“穷人的宫殿”，也许不错）；在那里往往找了半天站了半天才等着空位子。这三家所有的店子都用女侍者，只有两处角店里却用了些男侍者——男侍者工钱贵些。男女侍者都穿了黑制服，女的更戴上白帽子，分层招待客人。也只有在角店里才要给点小费（虽然门上标明“无小费”字样），别处这三家开的铺子里都不用给的。曾去过一处角店，烤鸡做得还入味；但是一只鸡腿就合中国一元五角，若吃鸡翅还要贵点儿。茶饭店有时备着骨牌等等，供客人消遣，可是向侍者要了玩的极少；客人多的地方，老是有人等位子，干脆就用不着备了。此外还有一些生蚝店，专吃生蚝，不便宜；一位房东太太告诉我说“不卫生”，但是吃的人也不见少。吃生蚝却不宜在夏天，所以英国人说月名中没有“R”（五六七八月），生蚝就不当令了。伦敦中国饭店也有七八家，贵贱差得很大，看地方而定。菜虽也有些高低，可都是变相的广东味儿，远不如上海新雅好。在一家广东楼要过一碗鸡肉馄饨，合中国一元六角，也够贵了。

茶饭店里可以吃到一种甜烧饼（muffin）和窝儿饼（crumdpet）。甜烧饼仿佛我们的火烧，但是没馅儿，软软的，略有甜味，好像掺了米粉做的。窝儿饼面上有好些小窝窝儿，像蜂房，比较地薄，也像掺了米粉。这两样大约都是法国来的；但甜烧饼来得早，至少二百年前就有了。厨师多住在祝来巷（Drury Lane），就是那著名的戏园子的地方；从前用盘子顶在头上卖，手里摇着铃子。那时节人家都爱吃，买了来，多多抹上黄油，在客厅或饭厅壁炉上烤得热辣辣的，让油都浸进去，一口咬下来，要不沾到两边口角上。这种偷闲的生活是很有意思的。但是后来的窝儿饼浸油更容易，更香，又不太厚，太软，有咬嚼些，样式也波俏；人们渐渐地喜欢它，就少买那甜烧饼了。一位女士看了这种光景，心下难过；便写信给《泰晤士报》，为甜烧饼抱不平。《泰晤士报》特地做了一篇小社论，劝人吃甜烧饼以存古风；但对于那位女士所说的窝儿饼的坏话，却宁愿存而不论，大约那论者也是爱吃窝儿饼的。

复活节（三月）时候，人家吃煎饼（pancake），茶饭店里也卖；这原是忏悔节（二月底）忏悔人晚饭后去教堂之前吃了好熬饿的，现在却在早晨吃了。饼薄而脆，微甜。北平中原公司卖的“胖开克”（煎饼的音译）却未免太“胖”，而且软了。——说到煎饼，想起一件事来：美国麻省勃克夏地方（Berkshire Country）有“吃煎饼竞争”的风俗，据《泰晤士报》说，一九三二的优胜者一气吃下四十二张饼，还有腊肠、热咖啡。这可算“真正大肚皮”了。

英国人每日下午四时半左右要喝一回茶，就着烤面包黄油。请茶会时，自然还有别的，如火腿夹面包、生豌豆苗夹面包、茶馒头（tea scone）等等。他们很看重下午茶，几乎必不可少。又可乘此请客，比请晚饭简便省钱得多。英国人喜欢喝茶，对于喝咖啡，和法国人相反；他们也煮不好咖啡。喝的茶现在多半是印度茶；茶饭店里虽卖中国茶，但是主顾寥寥。不让利权外溢固然也有关系，可是不利于中国茶的宣传（如说制时不干净）和茶味太淡才是主要原因。印度茶色浓味苦，加上牛奶和糖正合式；中国红茶不够劲儿，可是香气好。奇怪的是茶饭店里卖的，色香味都淡得没影子。那样茶怎么会运出去，真莫名其妙。

街上偶然会碰着提着筐子卖落花生的（巴黎也有），推着四轮车卖炒栗子的，教人有故国之思。花生栗子都装好一小口袋一小口袋的，栗子车上有炭炉子，一面炒，一面装，一面卖。这些小本经纪在伦敦街上也颇古色古香，点缀一气。栗子是干炒，与我们"糖炒"的差得太多了。——英国人吃饭时也有干果，如核桃、榛子、榧子，还有巴西乌菱（原名Brazil Ds，巴西出产，中国通称"美国乌菱"），乌菱实大而肥，香脆爽口，运到中国的太干，便不大好。他们专有一种干果夹，像钳子，将干果夹进去，使劲一握夹子柄，"格"的一声，皮壳碎裂，有些蹦到远处，也好玩儿的。苏州有瓜子夹，像剪刀，却只透着玲珑小巧，用不上劲儿去。

说笋之类

王任叔①

近来常在小菜之间，偶然拨到几片笋，为了价昂，娘姨不能多买，也就在小菜里略略掺和几片，以示点缀。但这使我于举箸之时，油然的想到了故乡，不免有点儿“怀乡病”了。

我之爱笋，倒不是为的它那“挺然翘然”的姿势。日本学者之侮蔑中国，真可说是“无微不至”。鲁迅先生的《马上支日记》，有这样的一节话：

> 安冈氏又自己说——
>
> 笋和支那人的关系，也与虾正相同，彼国人的嗜笋，可谓在日本人之上。虽然是可笑的话，也许是那挺然翘然的姿势，引起想象来的罢。

会稽至今多竹。竹，古人是很宝贵

①王任叔（1901—1972），作家、文艺理论家。笔名巴人。浙江奉化人。曾参与发起中国自由运动大同盟，任首任中国驻印尼大使。

的，所以曾有“会稽竹箭”的话。然而宝贵它的原因，是在可以做箭，用于战斗，并非因为它挺然翘然像男根。多竹，即多笋；因为多，那价钱就和北京的白菜差不多。我在故乡，就吃了十多年笋，现在回想，自省无论如何，总丝毫也寻不出吃笋时，爱它“挺然翘然”的思想的影子来。

我是不很佩服我们东邻的所谓“文化艺术”的。也许由于我的浅尝，无法理解他们的伟大。但自明治维新以来，日本没有一个文学者，能及得上我们的鲁迅先生。这也许和日本资本主义的发展始终脱不了封建势力的束缚有点关系，在文化艺术的领域上，只看到他们风气的流变：自自然主义而至理想主义，而至“左翼运动”，大半都停留在表面上，不可能有更深入的发掘。安冈秀夫的话，也许多少受到弗洛依德学说的影响，然而以此作为侮蔑中国民族性的刻划，确实是可观了。

因为爱吃笋，就想到乡间掘笋的故事，真可谓“一粥一饭，当思来处不易”。我家老屋后门，就有一大块竹山。中国人固然有以竹为箭，用于战斗；但最古时候，还有用蒲的。《左传》所谓“董泽之蒲，可胜既乎”。那说来，真是

“草木皆兵”了。这可见中国民族是最坚韧善斗的。不过世界上杀人武器，既已通行枪炮，以竹为箭，成了我们孩子时代的玩艺。古风杳渺，乡之人也早没有见竹而思战斗的积习了。他们喜欢培竹，一则为图出息，二则为图口舌，三则如遇我辈文人雅士，聊供消暑纳凉，吟诗入画罢了。

我没有“赋得修竹”的才能，更没有写松竹梅岁寒三友图的本领。但却时常跟着长工去掘过笋。笋而必然掘，那已可见并不是一定“挺然翘然”的了。大概城市里人，想象特别丰富，虽然在植物学书上，也看到过“块根”“块茎”之说，但一入乡间，也不免有刘姥姥进大观园之慨。五四时候，一般青年激于义愤，以大写壹字的资格——因为有别于寻常戏子，他们以大写壹字自居，而将寻常戏子比之为小写一字——入乡演剧宣传，一看满地的“田田荷戏”，均皆惊奇不置。一经询问之下，始知为常吃的芋艿，不免大失所望。他们全以为芋艿该如橘子李子，是结在树上的。人之智愚不肖，不能以书本为标本，于此已可概见了。入冬之时，竹山里的笋，其末“挺然翘然”，怕也出于安冈秀夫自己的想象之外吧。

掘笋功事，非专家不办。大抵冬霜既降，而绿竹尚“秀色可餐”——这说来，自然是好吃的民族了——土地坚实异常；冬笋则必裂地而出。据说是人间春意，先发于地。竹根得春气之先，便茁新芽，是即为笋。笋伏处土中，日趋茁壮。乡人于此之时，即从事采掘，如发宝藏，虽并不容易，但乡人类能“善观气色”“格竹”致知。从竹的年龄与枝叶的方位，知道它盘根所在。循根发掘，每每能获得“小黄猫”似的笋。我不大了解他们掘得笋时的喜悦心情，在我则是掘得新笋一株，赛获黄金万两。吃笋固然快乐，掘笋则更觉趣味无穷。

这也许由于我“得之也难，则爱之也深”。希望成于战士，地下的“小黄猫”，是人间的大希望。我于此而体念到人生的意味。大抵我的掘笋方法，专看地上裂缝。因笋有成竹而为箭的使命，所以特别顽强，不论土地如何结实，甚至有巨石高压，它必欲“挺身而出”，故初则裂地为缝，终则夺缝怒长。即有巨石，亦必被掀到一旁。大抵冬笋是它尚未出于地面之称，并非与毛缝笋为不同种类。一为毛笋，只须塌地斩断，不劳你东搜西寻了。所以一作羹汤，也就觉得鲜味稍杀。

在绿竹丛中黄草堆里，要寻到所谓笋的“爆”，实在困难。我家“长工”“看牛”之类，又常和我取笑，当我转过背去，就用锄向地上一掘，做成个假的“爆”，并且做出种种暗示，叫我向那爆裂处走去。一待我发现这个，便用力的掘，弄得筋疲力竭，还是一无所得，而他们却柱锄站立一旁，浅浅微笑了。“绝望之为虚妄，正与希望相同”，而我则不作如是想，大抵每一早晨，我非掘得一二株笋，是不愿回家的。

然而，有时，于无意之间，与姊妹嬉顽于竹林深处，或采毛莨咀嚼，或筑石为城，翻动乱石，忽见“小黄猫”出现眼前，那真大喜过望，莫不号跳回家，携锄入山。真有“长镵长镵白木柄，吾生托子以为命”之慨了。

不过乡人之于竹，有“笋山”与“竹山”之分。我家就有一大竹山，一小笋山。竹山专用以培竹。笋山大都邻近居处，便于采掘。竹山则专有管山人司值，禁止一切人等偷掘冬笋。竹山每年一度壅培，即用管山人所饲之牛的“牛粪”。壅培之时，大概在秋末冬初。这事在富农的我家，仿佛是个节日，我也曾跟长工雇工，参与这种盛会。目的不在去闻牛屎香味，而在管山人的一顿好小菜。壅山之日，主人与管山人同至山地数竹，将每一竹上用桐油写上房记；我则跟随在瘦长的父亲的身后，看着他提着一竹筒黑油，用毛笔沾油作书的有趣情景。这在乡间叫做“号竹”。父亲号竹的本领，极其高妙，笔触竹竿，如走龙蛇，顷刻即就。有时是“明房”两字，有时则为“王明房”。这打算自然不同于竹上题诗。竹既有号，则偷儿便无所用其技了。固然伐竹之时，可将它记号刮去。但被刮过的竹，背到村里，人们也就侧目而视。这大概就是张伯伦所谓“道德的效果”吧！

我是不大明白父亲那种爱竹心理的。但每当秋夏之交，父亲又率长工上山去了，将竹山上的老竹删去一批，背到村前溪滩，唤筏工，锁竹成筏，专等老天下雨，溪水高涨。大概秋雨一阵过后，父亲就背上糇囊，上城去了。同时，筏工也撑着竹筏，顺水而下。有时，父亲且与做长板生意的合作，让竹筏上载着许多木头刳成的长板，轴轳接尾地浩浩荡荡流着出去。乡下孩子所见甚小，每遇此情此景，是觉颇为“壮观”的。

背着糇囊上路的父亲，不到一月左右，也就捎着“凤仙袋”喜气洋洋的回来了。母亲自然是慰劳备至，首先为他招呼面水脚水。父亲本不喝酒，但在这一次餐桌上，母亲总为他烫下几两黄酒，姑且小饮几杯，说是赶赶寒气。而我所欣喜的又是藉此也有一顿好小菜吃。

自掘笋以至壅竹卖竹，这情景在今天想来，宛然如画。叹童时之不可复回，慨“古风”之未必长存，我虽泄气，却还欣然。然而脚踏实地，父亲时代乡人们的艰苦奋斗精神，那确实是如笋如竹，挺然翘然，不可一世的！

我们兄弟之间，已没有人步父亲后尘，过这艰苦奋斗的生活了。

我在海外流浪，已十余年于兹，故乡山色，是否一仍旧观，亦无法想象。我本无所爱于故乡，但身处孤岛，每天总可碰到些失却家乡流浪街头的难胞。他们惦念着祖宗的遗业，他们忘不了自己的土地。他们也许时时做着家园的梦，牛的梦，犁头的梦，甚至闻着牛粪的气息，然而他们的故乡呢？这使我于悲悯他们的境遇之后，略觉骄矜，我的故乡依然还是我们的！但不知有谁负起捍卫这乡邦的责任？一九二七年，二兄在世，故乡是曾经吼过来的。亡友董挚兴的血，怕还未必干了吧，但我的故乡在今天是否也在吼呢？

父亲在日，尝告我曰：昔者尚书太公与崇祯皇帝闲谈，皇帝询及吾乡情况，尚书太公以十四字作答："干柴白米岩骨水，嫩笋绿茶石板鱼。"是这样世外桃源的故乡，怕已未必再见于今日了。我也不愿我的故乡，终成为桃源。能斗争，才能存在；能奋发，才能进步。旧的让它死去，新的还须创造。失了乡土的同胞，我亦正与之同运命，而挺拔自雄却寒御暑的笋竹的英姿，该是我们所应学取的吧！

吃笋之余，有感如右，非为怀旧，藉以自惕云耳。

火腿

梁实秋

从前北方人不懂吃火腿，嫌火腿有一股陈腐的油腻涩味，也许是不善处理，把“滴油”一部分未加削裁就吃下去了，当然会吃得舌矫不能下，好像舌头要粘住上膛一样，有些北方人见了火腿就发怵，总觉得没有清酱肉爽口。后来许多北方人也能欣赏火腿，不过火腿究竟是南货，在北方不是顶流行的食物。道地的北方餐馆作菜配料，绝无使用火腿，永远是清酱肉。事实上，清酱肉也的确很好，我每次作江南游总是携带几方清酱肉，分馈亲友，无不赞美。只是清酱肉要输火腿特有的一段香。

火腿的历史且不去谈他。也许是宋朝大破金兵的宗泽于无意中所发明。宗泽是义乌人，在金华之东。所以直到如今，凡火腿必曰金华火腿。东阳县亦在金华附近，《东阳县志》云：“薰蹄，俗谓火腿，其实烟薰，非火也。腌晒薰将如法者，果胜常品，以所腌之盐必台盐，所薰之烟必松烟，气香烈而善入，制之及时如法，故久而弥旨。”火腿制作方法亦不必细究，总之手续及材料必定很有考究。东阳上蒋村蒋氏一族大部分以制火腿为业，故“蒋腿”特为著名。金华本地不能吃到好的火腿，上品均已行销各地。

我在上海时，每经大马路，辄至天福市得熟火腿四角钱，店员以利刃切成薄片，瘦肉鲜明似火，肥肉依稀透明，佐酒下饭为无上妙品。至今思之犹有余香。

一九二六年冬，某日吴梅先生宴东南大学同仁于南京北万全，予亦叨陪。席间上清蒸火腿一色，盛以高边大瓷盘，取火腿最精部分，切成半寸见方高寸许之小块，二三十块矗立于盘中，纯由醇酿花雕蒸制熟透，味之鲜美无与伦比。先生微酡，击案高歌，盛会难忘，于今已有半个世纪有余。

抗战时，某日张道藩先生召饮于重庆之留春坞。留春坞是云南馆子。云南的食物产品，无论是萝卜或是白菜都异常硕大，猪腿亦不例外。故云腿通常均较金华火腿为壮观，脂多肉厚，虽香味稍逊，但是做叉烧火腿则特别出色。留春坞的叉烧火腿，大厚片烤熟夹面包，丰腴适口，较湖南馆子的蜜汁火腿似乎犹胜一筹。

台湾气候太热，不适于制作火腿，但有不少人仿制，结果不是粗制滥造，但是腌晒不足急于发售，带有死尸味；幸而无尸臭，亦是一味死咸，与“家乡肉”无殊。逢年过节，常收到礼物，火腿是其中一色。即使可以食用，其中那根大骨头很难剔除，运斤猛斫，可能砍得稀巴烂而骨尚未断，我一见火腿便觉束手无策，廉价出售不失为一办法，否则只好由菁清持住往熟识商店请求代为肢解。

有人告诉我，整只火腿煮熟是有诀窍的。法以整只火腿浸泡水中三数日，每日换水一二次，然后刮磨表面油渍，然后用凿子挖出其中的骨头（这层手续不易），然后用麻绳紧紧捆绑，下锅煮沸二十分钟，然后以微火煮两小时，然后再大火煮沸，取出冷却，即可食用。像这样繁复的手续，我们哪得工夫？不如买现成的火腿吃（台北有两家上海店可以买到），如果买不到，干脆不吃。

有一次得到一只真的金华火腿，瘦小坚硬，大概是收藏有年。菁清持往熟识商肆，老板举刀，砉的一声，劈成两截。他怔住了，鼻孔翕张，好像是嗅到了异味，惊叫："这是道地的金华火腿，数十年不闻此味矣！"他嗅了又嗅不忍释手，他要求把爪尖送给他，结果连蹄带爪都送给他了。他说回家去要好好炖一锅汤吃。

美国的火腿，所谓ham，不是不好吃，是另一种东西。如果是现烤出来的大块火腿，表皮上烤出凤梨似的斜方格，趁热切大薄片而食之，亦颇可口，唯不可与金华火腿同日而语。“弗琴尼亚火腿”则又是一种货色，色、香、味均略近似金华火腿，去骨者尤佳，长居海外的游子，得此聊胜于无。

饮食男女在福州

郁达夫[①]

福州的食品，向来很为外省人所赏识……福建菜的所以会这样著名，……第一，当然是由于天然物产的富足。福建全省，东南并海，西北多山，所以山珍海味，一例的都贱如泥沙。听说沿海的居民，不必忧虑饥饿，大海潮回，只消上海滨去走走，就可以拾一篮海货来充作食品。又加以地气温暖，土质腴厚，森林蔬菜，随处都可以培植，随时都可以采撷。一年四季，笋类菜类，常是不断；野菜的味道，吃起来又比别处的来得鲜甜。福建既有了这样丰富的天产，再加上以在外省各地游宦营商者的数目的众多，作料采从本地，烹制学自外方，五味调和，百珍并列，于是乎闽菜之名，就喧传在饕餮家的口上了。清初周亮工著的《闽小纪》两卷，记述食品处独多，按理原也是应该的。

福州海味，在春三二月间，最流行而最肥美

① 郁达夫（1896—1945），作家、革命烈士。新文学团体创造社的发起人之一，作品具有独树一帜的特色。

的，要算来自长乐的蚌肉，与海滨一带多有的蛎房。《闽小纪》里所说的西施舌，不知是否指蚌肉而言；色白而腴，味脆且鲜，以鸡汤煮得适宜，长圆的蚌肉，实在是色香味俱佳的神品。听说从前有一位海军当局者，老母病剧，颇思乡味；远在千里外，欲得一蚌肉，以解死前一刻的渴慕，部长纯孝，就以飞机运蚌肉至都。从这一件轶事看来，也可想见这蚌肉的风味了；我这一回赶上福州，正及蚌肉上市的时候，所以红烧白煮，吃尽了几百个蚌，总算也是此生的豪举，特笔记此，聊志口福。

蛎房并不是福州独有的特产，但福建的蛎房，却比江浙沿海一带所产的，特别的肥嫩清洁。正二三月间，沿路的摊头店里，到处都堆满着这淡蓝色的水包肉；价钱的廉，味道的鲜，比到东坡在岭南所贪食的蚝，当然只会得超过。可惜苏公不曾到闽海去谪居，否则，阳羡之田，可以不买，苏氏子孙，或将永寓在三山二塔之下，也说不定。福州人叫蛎房作“地衣”，略带“挨”字的尾声，写起字来，我想只有“蚳”字，可以当得。

在清初的时候，江瑶柱似乎还没有现在那么的通行，所以周亮工再三的称道，誉为逸品。在目下的福州，江瑶柱却并没有人提起了，鱼翅席上，缺少不得的，倒是一种类似宁波横脚蟹的蟳蟹，福州人叫作“新恩”，《闽小纪》里所说的虎蟳，大约就是此物。据福州人说，蟳肉最滋补，也最容易消化，所以产妇病人以有体弱的人，往往爱吃。但由对蟹类素无好感的我看来，却仍赞成周亮工之言，终觉得质粗味劣，远不及蚌与蛎房或香螺的来得干脆。

福州海味的种类，除上述的三种以外，原也很多很多；但是别地方也有，我们平常在上海也常常吃得到的东西，记下来也没有什么价值，所以不说。至于与海错相对的山珍哩，却更是可以干制，可以输出的东西，益发的没有记述的必要了，所以在这里只想说一说叫作肉燕的那一种奇异的包皮。

初到福州，打从大街小巷里走过，看见好些店家，都有一个大砧头摆在店中；一两位壮强的男子，拿了木锥，只在对着砧上的一大块猪肉，一下一下的死劲地敲。把猪肉这样的乱敲乱打，究竟算什么回事？我每次看见，总觉得奇怪；后来向福州的朋友一打听，才知道这就是制肉燕的原料了。所谓肉燕者，就是将猪肉打得粉烂，和入面粉（实为“地瓜粉”——编者），然后再制成皮子，如包馄饨的外皮一样，用以来包制菜蔬的东西。听说这物事在福建，也只是福州独有的特产。

福州食品的味道，大抵重糖；有几家真正福州馆子里烧出来的鸡鸭四件，简直是同蜜饯的罐头一样，不杂入一粒盐花。因此福州人的牙齿，十人九坏。有一次去看三赛乐的闽剧，看见台上演戏的人，个个都是满口金黄；回头更向左右的观众一看，妇女子的嘴里也大半镶着全副的金色牙齿。于是天黄黄，地黄黄，弄得我这一向就痛恨金牙齿的偏执狂者，几乎想放声大哭，以为福州人故意在和我捣乱。

将这些脱嫌糖重的食味除起，若论到酒，则福州的那一种土黄酒，也还勉强可以喝得。周亮工所记的玉带春、梨花白、蓝家酒、碧霞酒、莲须白、河清、双夹、西施红、状元红等，我都不曾喝过，所以不敢品评。只有会城各处在卖的鸡老（酪）酒，颜色却和绍酒一样的红似琥珀，味道略苦，喝多了觉得头痛。听说这是以一生鸡，悬之酒中，等鸡肉鸡骨都化了后，然后开坛饮用的酒，自然也是越陈越好。福州酒店外面，都写酒库两字，发卖叫发扛，也是新奇得很的名称。以红糟酿的甜酒，味道有点象上海的甜白酒，不过颜色桃红，当是西施红等名目出处的由来。莆田的荔枝酒，颜色深红带黑，味甘甜如西班牙的宝德红葡萄，虽则名贵，但我却终不喜欢。福州一般宴客，喝的总还是绍兴花雕，价钱极贵，斤量又不足，而酒味也淡似沪杭各地，我觉得建庄终究不及京庄。

福州的水果花木，终年不断；橙柑、福橘、佛手、荔枝、龙眼、甘蔗、香蕉，以及茉莉、兰花、橄榄等等，都是全国闻名的品物；好事者且各有谱谍之著，我在这里，自然可以不说。

闽茶半出武夷，就是不是武夷之产，也往往借这名山为号召。铁罗汉，铁观音的两种，为茶中柳下惠，非红非绿，略带赭色；酒醉之后，喝它三杯两盏，头脑倒真能清醒一下。其他若龙团玉乳，大约名目总也不少，我不恋茶娇，终是俗客，深恐品评失当，贻笑大方，在这里只好轻轻放过。

从《闽小纪》中的记载看来，番薯似乎还是福建人开始从南洋运来的代食品；其后因种植的便利，食味的甘美，就流传到内地去了；这植物传播到中国来的时代，只在三百年前，是明末清初的时候，因亮工所记如此，不晓得究竟是否确实。不过福建的米麦，向来就说不足，现在也须仰给于外省或台湾，但田稻倒又可以一年两植。而福州正式的酒席，大抵总不吃饭散场，因为菜太丰盛了，吃到后来，总已个个饱满，用不着再以饭颗来充腹之故。

饮食外的有名处所，城内为树春园、南轩、河上酒家、可然亭等。味和小吃，亦佳且廉；仓前的鸭面，南门兜的素菜与牛肉馆，鼓楼西的水饺子铺，都是各有长处的小吃处；久吃了自然不对，偶尔去一试，倒也别有风味。城外在南台的西菜馆，有嘉宾、西宴台、法大、西来，以及前临闽江，内设戏台的广聚楼等。洪山桥畔的义心楼，以吃形同比目鱼的贴沙鱼著名；仓前山的快乐林，以吃小盘西洋菜见称，这些当然又是菜馆中的别调。至如我所寄寓的青年会食堂，地方精洁宽广，中西菜也可以吃吃，只是不同耶稣的飨宴十二门徒一样，不许顾客醉饮葡萄酒浆，所以正式请客，大感不便。

此外则福建特有的温泉浴场，如汤门外的百合、福龙泉，飞机场的乐天泉等，也备有饮馔供客；浴客往往在这些浴场里可以鬼混一天，不必出外去买酒买食，却也便利。从前听说更可以在个人池内男女同浴，则饮食男女，就不必分求，一举竟可以两得了。

要说福州的女子，先得说一说福建的人种。大约福建土著的最初老百姓，为南洋近边的海岛人种；所以面貌习俗与日本的九州一带，有点相像。其后汉族南下，与这些土人杂婚，就成了无诸种族，系在春秋战国，吴越争霸之后。到得唐朝，大兵入境；相传当时曾杀尽了福建的男子，只留下女人，以配光身的兵士；故而直至现在，福州人还呼丈夫为

“唐晡人”，晡者系日暮袭来的意思，同时女人的“诸娘仔”之名，也出来了。还有现在东门外北门外的许多工女农妇，头上仍带着三把银刀似的簪为发饰，俗称她们作三把刀，据说犹是当时的遗制。因为她们的父亲丈夫儿子，都被外来的征服者杀了；她们誓死不肯从敌，故而时时带着三把刀在身边，预备复仇。只今台湾的福建籍妓女，听说也是样；亡国到了现在，也已经有好多年了，而她们却仍不肯与日本的嫖客同宿。若有人破此旧习，而与日本嫖客同宿一宵者，同人中就视作禽兽，耻不与伍，这又是多么悲壮的一幕惨剧！谁说犹唱后庭花处，商女都不知家国的兴亡哩！试看汉奸到处卖国，而妓女乃不肯辱身，其间相去，又岂只泾渭的不同？……

因为福州人种的血统，有这种种的沿革，所以福建人的面貌，和一般中原的汉族，有点两样。大致广颡深眼，鼻子与颧骨高突，两颊深陷成窝，下颌部也稍稍尖凸向前。这一种面相，生在男人的身上，倒也并不觉得特别；但一生在女人的身上，高突部为嫩白的皮肉所调和，看起来却个个都线条刻划分明，象是希腊古代的雕塑人形了。福州女人的另一特点，是在她们的皮色的细白。生长在深闺中的宦家小姐，不见天日，白腻原也应该；最奇怪的，却是那些住在城外的工农佣妇，也一例地有着那种嫩白微红，像刚施过脂粉似的皮肤。大约日夕灌溉的温泉浴是一种关系，吃在闽江江水，总也是一种关系。

我们从前没有居住过福建，心目中总只以为福建人种，是一种蛮族。后来到了那里，和他们的文化一接触，才晓得他们虽则开化得较迟，但进步得却很快；又因为东南是海港的关系，中西文化的交流，也比中原僻地为频繁，所以闽南的有些都市，简直繁华摩登得可以同上海来争甲乙。及至观察稍深，一移目到了福州的女性，更觉得她们的美的水准，比苏杭的女子要高好几倍；而装饰的入时，身体的康健，比到苏州的小型女子，又得高强数倍都不止。

“天生丽质难自弃”，表露欲，装饰欲，原是女性的特嗜；而福州女子所有的这一种显示本能，似乎比什么地方的人还要强一点。因而天晴气爽，或岁时伏腊，有迎神赛会的关头，南大街，仓前山一带，完全是美妇人披露的画廊。眼睛个个是灵敏深黑的，鼻梁个个是细长高突的，皮肤个个是柔嫩雪白的；此外还要加上以最摩登的衣饰，与来自巴黎纽约的化妆品的香雾与红霞，你说这幅福州晴天午后的全景，美丽不美丽？迷人不迷人？